COLLECTION FOLIO

Alfred de Musset

Emmeline

suivi de

Croisilles

Gallimard

Ces nouvelles sont extraites des *Œuvres complètes en prose* (Bibliothèque de la Pléiade).

Né à Paris dans une famille aisée et cultivée le 11 décembre 1810, Alfred de Musset se fait très tôt remarquer par ses qualités littéraires. Après de brillantes études au lycée Henri-IV, il hésite entre la médecine, le droit, la peinture et la musique avant de décider de se consacrer à la littérature et publie à dix-neuf ans *Contes d'Espagne et d'Italie.* Il est invité au cénacle romantique de Charles Nodier où il rencontre Sainte-Beuve, Vigny et Victor Hugo. À sa réputation de poète talentueux s'ajoute celle d'un dandy débauché. La représentation de sa première pièce est annulée à cause des événements de juillet 1830. Quelques mois plus tard, le drame *La Nuit vénitienne* est sifflé par le public. Il ne se décourage pas et décide d'écrire des pièces sans se soucier des contraintes de la scène ou de la mode : *La Coupe et les Lèvres, À quoi rêvent les jeunes filles* paraissent en 1832. Sa rencontre au début de l'année 1833 avec George Sand, romancière célèbre et scandaleuse, marque le début d'une liaison passionnée et orageuse qui s'achève en Italie lorsqu'elle le quitte pour le médecin qui le soigne de la fièvre typhoïde. De ce voyage italien, il rapporte *On ne badine pas avec l'amour*, une pièce riche et cruelle, et *Lorenzaccio,* considéré comme son chef-d'œuvre dramatique. Il écrit ensuite un roman autobiographique, *La Confession d'un enfant du siècle,* dédié à George Sand, où il décrit son ennui de vivre, le « mal du siècle ». Entre 1835 et 1837, il publie le cycle des *Nuits* qui met en scène le poète aux prises avec l'inspiration et la douleur. Après ces années d'une exceptionnelle fécondité et qualité littéraire, Musset, en proie au mal de vivre et à la maladie, cesse peu à peu d'écrire. Pourtant, à la surprise générale, lorsqu'en 1847 la Comédie-Française monte *Les Caprices de Marianne,* c'est un triomphe. La reconnaissance officielle arrive dans la foulée : légion d'honneur, Académie française, poste de bibliothécaire au ministère de l'Instruction publique... Mais le 2 mai 1857, épuisé par la maladie et une vie de débauche, Alfred de Musset meurt dans l'indifférence générale.

Poète, dramaturge et écrivain de génie, Musset a bouleversé le courant romantique par sa plume ironique, légère et volontiers irrévérencieuse.

Découvrez, lisez ou relisez les livres d'Alfred de Musset :

LA CONFESSION D'UN ENFANT DU SIÈCLE (Folio classique n° 476)

LES CAPRICES DE MARIANNE (Folio Théâtre n° 73)

FANTASIO (Folio Théâtre n° 84)

LORENZACCIO (Folioplus n° 8)

ON NE BADINE PAS AVEC L'AMOUR (Folio Théâtre n° 12 et Folioplus classiques n° 77)

PREMIÈRES POÉSIES — POÉSIES NOUVELLES (Poésie-Gallimard)

Découvrez aussi sa correspondance avec George Sand :

Ô MON GEORGE, MA BELLE MAÎTRESSE, lettres (Folio 2 € n° 5127)

EMMELINE

I

Vous vous souvenez sans doute, madame, du mariage de mademoiselle Duval. Quoiqu'on n'en ait parlé qu'un jour à Paris, comme on y parle de tout, ce fut un événement dans un certain monde. Si ma mémoire est bonne, c'était en 1825. Mademoiselle Duval sortait du couvent, à dix-huit ans, avec quatre-vingt mille livres de rente. M. de Marsan, qui l'épousa, n'avait que son titre et quelques espérances d'arriver un jour à la pairie, après la mort de son oncle, espérances que la révolution de Juillet a détruites. Du reste, point de fortune, et d'assez grands désordres de jeunesse. Il quitta, dit-on, le troisième étage d'une maison garnie, pour conduire mademoiselle Duval à Saint-Roch, et rentrer avec elle dans un des plus beaux hôtels du faubourg Saint-Honoré. Cette étrange alliance, faite en apparence à la légère, donna lieu à mille interprétations dont pas une ne fut vraie, parce que pas une n'était simple, et qu'on voulut trouver à toute force une cause extraordinaire à un fait inusité. Quelques détails, nécessaires pour expliquer les choses, vous donneront en même temps une idée de notre héroïne.

Après avoir été l'enfant le plus turbulent, studieux, maladif et entêté qu'il y eût au monde, Emmeline était devenue, à quinze ans, une jeune fille au teint blanc et rose, grande, élancée, et d'un caractère indépendant. Elle avait l'humeur d'une égalité incomparable et une grande insouciance, ne montrant de volonté qu'en ce qui touchait son cœur. Elle ne connaissait aucune contrainte ; toujours seule dans son cabinet, elle n'avait guère, pour le travail, d'autre règle que son bon plaisir. Sa mère, qui la connaissait et savait l'aimer, avait exigé pour elle cette liberté dans laquelle il y avait quelque compensation au manque de direction : car un goût naturel de l'étude et l'ardeur de l'intelligence sont les meilleurs maîtres pour les esprits bien nés. Il entrait autant de sérieux que de gaieté dans celui d'Emmeline ; mais son âge rendait cette dernière qualité plus saillante. Avec beaucoup de penchant à la réflexion, elle coupait court aux plus graves méditations par une plaisanterie, et dès lors n'envisageait plus que le côté comique de son sujet. On l'entendait rire aux éclats toute seule, et il lui arrivait, au couvent, de réveiller sa voisine, au milieu de la nuit, par sa gaieté bruyante.

Son imagination très flexible paraissait susceptible d'une teinte d'enthousiasme ; elle passait ses journées à dessiner ou à écrire ; si un air de son goût lui venait en tête, elle quittait tout aussitôt pour se mettre au piano, et se jouer cent fois l'air favori dans tous les tons ; elle était discrète et nullement confiante, n'avait point d'épanchement d'amitié, une sorte de pudeur s'opposant en elle à l'expression parlée de ses sentiments. Elle aimait à résoudre elle-même les petits problèmes qui, dans ce monde, s'offrent à chaque pas ; elle se donnait ainsi des plaisirs assez étranges que, certes, les gens qui l'entouraient ne soupçonnaient pas. Mais sa curiosité avait toujours pour bornes un certain respect d'elle-même ; en voici un exemple entre autres.

Elle étudiait toute la journée dans une salle où se trouvait une grande bibliothèque vitrée, contenant trois mille volumes environ. La clef était à la serrure, mais Emmeline avait promis de ne point y toucher. Elle garda toujours scrupuleusement sa promesse, et il y avait mérite dans cette conduite, car elle avait la rage de tout apprendre. Ce qui n'était pas défendu, c'était de dévorer les livres des yeux ; aussi en savait-elle tous les titres par cœur ; elle parcourait successivement tous les rayons, et, pour atteindre les plus élevés, plantait une chaise sur la table ; les yeux fermés, elle eût mis la main sur le volume qu'on lui aurait demandé. Elle affectionnait les auteurs par les titres de leurs ouvrages, et, de cette façon, elle a eu de terribles mécomptes. Mais ce n'est pas de cela qu'il s'agit.

Dans cette salle était une petite table près d'une grande croisée qui dominait une cour assez sombre. L'exclamation d'un ami de sa mère fit apercevoir Emmeline de la tristesse de sa chambre ; elle n'avait jamais ressenti l'influence des objets extérieurs sur son humeur. Les gens qui attachent de l'importance à ce qui compose le bien-être matériel étaient classés par elle dans une catégorie de maniaques. Toujours nu-tête, les cheveux en désordre, narguant le vent, le soleil, jamais plus contente que lorsqu'elle rentrait mouillée par la pluie, elle se livrait, à la campagne, à tous les exercices violents, comme si là eût été toute sa vie. Sept ou huit lieues à cheval, au galop, étaient un jeu pour elle ; à pied, elle défiait tout le monde, elle courait, grimpait aux arbres, et, si on ne marchait pas sur les parapets plutôt que sur les quais, si on ne descendait pas les escaliers sur leurs rampes, elle pensait que c'était par respect humain. Par-dessus tout, elle aimait, chez sa mère, à s'échapper seule, à regarder dans la campagne et ne voir personne. Ce goût d'enfant pour la solitude, et le plaisir qu'elle prenait à sortir par des temps affreux, tenaient, disait-elle, à ce qu'elle était sûre qu'alors on ne viendrait pas *la chercher en se promenant.* Toujours entraînée par cette bizarre idée, à ses risques et périls elle se mettait dans un bateau en pleine eau, et sortait ainsi du parc, que la rivière traversait, sans se demander où elle aborderait. Comment lui laissait-on courir tant de dangers ? Je ne me chargerai pas de vous l'expliquer.

Au milieu de ces folies, Emmeline était railleuse : elle avait un oncle tout rond, avec un rire bête, excellent homme. Elle lui avait persuadé que de figure et d'esprit elle était tout son portrait, et cela avec des raisons à faire rire un mort. De là le digne oncle avait conçu pour sa nièce une tendresse sans bornes. Elle jouait avec lui comme avec un enfant, lui sautait au cou quand il arrivait, lui grimpait sur les épaules ; et jusqu'à quel âge ? c'est ce que je ne vous dirai pas non plus. Le plus grand amusement de la petite espiègle était de faire faire à ce personnage, assez grave du reste, des lectures à haute voix ; c'était difficile, attendu qu'il trouvait que les livres n'avaient aucun sens, et cela s'expliquait par sa façon de ponctuer ; il respirait au milieu des phrases, n'ayant pour guide que la mesure de son souffle. Vous jugez quel galimatias ; et l'enfant de rire à se pâmer. Je suis obligé d'ajouter qu'au théâtre elle en faisait autant pendant les tragédies, mais qu'elle trouvait quelquefois moyen d'être émue aux comédies les plus gaies.

Pardonnez, madame, ces détails puérils, qui, après tout, ne peignent qu'un enfant gâté. Il faut que vous compreniez qu'un pareil caractère devait plus tard agir à sa façon, et non à celle de tout le monde.

À seize ans, l'oncle en question, allant en Suisse, emmena Emmeline. À l'aspect des montagnes, on crut qu'elle perdait la raison, tant ses transports de joie parurent vifs. Elle criait, s'élançait de la calèche ; il fallait qu'elle allât plonger son petit visage dans les sources qui s'échappaient des roches. Elle voulait gravir des pics, ou descendre jusqu'aux torrents dans les précipices ; elle ramassait des pierres, arrachait la mousse ; entrée un jour dans un chalet, elle n'en voulait plus sortir ; il fallut presque l'enlever de force, et, lorsqu'elle fut remontée en voiture, elle cria, en pleurant, aux paysans : « Ah ! mes amis, vous me laissez partir. »

Nulle trace de coquetterie n'avait encore paru en elle, lorsqu'elle entra dans le monde. Est-ce un mal de se trouver lancée dans la vie sans grandes maximes en portefeuille ? Je ne sais. D'autre part, n'arrive-t-il pas souvent de tomber dans un danger en voulant l'éviter ? Témoin ces pauvres personnes auxquelles on a fait de si terribles peintures de l'amour, qu'elles entrent dans un salon les cordes du cœur tendues par la crainte, et qu'au plus léger soupir elles résonnent comme des harpes. Quant à l'amour, Emmeline était encore fort ignorante sur ce sujet. Elle avait lu quelques romans où elle avait choisi une collection de ce qu'elle nommait des niaiseries sentimentales, chapitre qu'elle traitait volontiers d'une façon divertissante. Elle s'était promis de vivre uniquement en spectateur. Sans nul souci de sa tournure, de sa figure, ni de son esprit, devait-elle aller au bal, elle posait sur sa tête une fleur, sans s'inquiéter de l'effet de sa coiffure, endossait une robe de gaze comme un costume de chasse, et, sans se mirer les trois quarts du temps, partait joyeuse.

Vous sentez qu'avec sa fortune (car du vivant de sa mère sa dot était considérable) on lui proposait tous les jours des partis. Elle n'en refusait aucun sans examen ; mais ces examens successifs n'étaient pour elle que l'occasion d'une galerie de caricatures. Elle toisait les gens de la tête aux pieds avec plus d'assurance qu'on n'en a ordinairement à son âge ; puis, le soir, enfermée avec ses bonnes amies, elle leur donnait une représentation de l'entrevue du matin ; son talent naturel pour l'imitation rendait cette scène d'un comique achevé. Celui-là avait l'air embarrassé, celui-ci était fat ; l'un parlait du nez, l'autre saluait de travers. Tenant à la main le chapeau de son oncle, elle entrait, s'asseyait, causait de la pluie et du beau temps comme à une première visite, et venait peu à peu à effleurer la question matrimoniale, et, quittant brusquement son rôle, éclatait de rire ; réponse décisive qu'on pouvait porter à ses prétendants.

Un jour arriva cependant où elle se trouva devant son miroir, arrangeant ses fleurs avec un peu plus d'art que de coutume. Elle était, ce jour-là, d'un grand dîner, et sa femme de chambre lui avait mis une robe neuve qui ne lui parut pas de bon goût. Un vieil air d'opéra avec lequel on l'avait bercée lui revint en tête :

Aux amants lorsqu'on cherche à plaire,
On est bien près de s'enflammer.

L'application qu'elle se fit de ces paroles la plongea tout à coup dans un émoi singulier. Elle demeura rêveuse tout le soir, et pour la première fois on la trouva triste.

M. de Marsan arrivait alors de Strasbourg, où était son régiment ; c'était un des plus beaux hommes qu'on pût voir, avec cet air fier et un peu violent que vous lui connaissez. Je ne sais s'il était du dîner où avait paru la robe neuve, mais il fut prié pour une partie de chasse chez madame Duval, qui avait une fort belle terre près de Fontainebleau. Emmeline était de cette partie. Au moment d'entrer dans le bois, le bruit du cor fit emporter le cheval qu'elle montait. Habituée aux caprices de l'animal, elle voulut l'en punir après l'avoir calmé ; un coup de cravache donné trop vivement faillit lui coûter la vie. Le cheval ombrageux se jeta à travers champs, et il entraînait à un ravin profond la cavalière imprudente, quand M. de Marsan, qui avait mis pied à terre, courut l'arrêter ; mais le choc le renversa, et il eut le bras cassé.

Le caractère d'Emmeline, à dater de ce jour, parut entièrement changé. À sa gaieté succéda un air de distraction étrange. Madame Duval étant morte peu de temps après, la terre fut vendue, et on prétendit qu'à la maison du faubourg Saint-Honoré la petite Duval soulevait régulièrement sa jalousie à l'heure où un beau garçon à cheval passait, allant aux Champs-Élysées. Quoi qu'il en soit, un an après, Emmeline déclara à sa famille ses intentions, que rien ne put ébranler. Je n'ai pas besoin de vous parler du haro et de tout le tapage qu'on fit pour la convaincre. Après six mois de résistance opiniâtre, malgré tout ce qu'on put dire et faire, il fallut céder à la demoiselle, et la faire comtesse de Marsan.

II

Le mariage fait, la gaieté revint. Ce fut un spectacle assez curieux de voir une femme redevenir enfant après ses noces ; il semblait que la vie d'Emmeline eût été suspendue par son amour ; dès qu'il fut satisfait, elle reprit son cours, comme un ruisseau arrêté un instant.

Ce n'était plus maintenant dans la chambrette obscure que se passaient les enfantillages journaliers, c'était à l'hôtel de Marsan comme dans les salons les plus graves, et vous imaginez quels effets ils y produisaient. Le comte, sérieux et parfois sombre, gêné peut-être par sa position nouvelle, promenait assez tristement sa jeune femme, qui riait de tout sans songer à rien. On s'étonna d'abord, on murmura ensuite, enfin on s'y fit, comme à toute chose. La réputation de M. de Marsan n'était pas celle d'un homme à marier, mais était très bonne pour un mari ; d'ailleurs, eût-on voulu être plus sévère, il n'était personne que n'eût désarmé la bienveillante gaieté d'Emmeline. L'oncle Duval avait eu soin d'annoncer que le contrat, du côté de la fortune, ne mettait pas sa nièce à la merci d'un maître ; le monde se contenta de cette confidence qu'on voulait bien lui faire, et, pour ce qui avait précédé et amené le mariage, on en parla comme d'un caprice dont les bavards firent un roman.

On se demandait pourtant tout bas quelles qualités extraordinaires avaient pu séduire une riche héritière et la déterminer à ce coup de tête. Les gens que le hasard a maltraités ne se figurent pas aisément qu'on dispose ainsi de deux millions sans quelque motif surnaturel. Ils ne savent pas que, si la plupart des hommes tiennent avant tout à la richesse, une jeune fille ne se doute quelquefois pas de ce que c'est que l'argent, surtout lorsqu'elle est née avec, et qu'elle n'a pas vu son père le gagner. C'était précisément l'histoire d'Emmeline ; elle avait épousé M. de Marsan uniquement parce qu'il lui avait plu et qu'elle n'avait ni père ni mère pour la contrarier ; mais, quant à la différence de fortune, elle n'y avait seulement pas pensé. M. de Marsan l'avait séduite par les qualités extérieures qui annoncent l'homme, la beauté et la force. Il avait fait devant elle, et pour elle, la seule action qui eût fait battre le cœur de la jeune fille ; et, comme une gaieté habituelle s'allie quelquefois à une disposition romanesque, ce cœur sans expérience s'était exalté. Aussi la folle comtesse aimait-elle son mari à l'excès ; rien n'était beau pour elle que lui, et, quand elle lui donnait le bras, rien ne valait la peine qu'elle tournât la tête.

Pendant les quatre premières années après le mariage, on les vit très peu l'un et l'autre. Ils avaient loué une maison de campagne au bord de la Seine, près de Melun ; il y a dans cet endroit deux ou trois villages qui s'appellent le May, et comme apparemment la maison est bâtie à la place d'un ancien moulin, on l'appelle le *Moulin de May*. C'est une habitation charmante ; on y jouit d'une vue délicieuse. Une grande terrasse, plantée de tilleuls, domine la rive gauche du fleuve, et on descend du parc au bord de l'eau par une colline de verdure. Derrière la maison est une basse-cour d'une propreté et d'une élégance singulières, qui forme à elle seule un grand bâtiment au milieu duquel est une faisanderie ; un parc immense entoure la maison, et va rejoindre le bois de la Rochette. Vous connaissez ce bois, madame ; vous souvenez-vous de l'*allée des Soupirs* ? Je n'ai jamais su d'où lui vient ce nom ; mais j'ai toujours trouvé qu'elle le mérite. Lorsque le soleil donne sur l'étroite charmille, et qu'en s'y promenant seul au frais pendant la chaleur de midi, on voit cette longue galerie s'étendre à mesure qu'on avance, on est inquiet et charmé de se trouver seul, et la rêverie vous prend malgré vous.

Emmeline n'aimait pas cette allée ; elle la trouvait sentimentale, et ses railleries du couvent lui revenaient quand on en parlait. La basse-cour, en revanche, faisait ses délices ; elle y passait deux ou trois heures par jour avec les enfants du fermier. J'ai peur que mon héroïne ne vous semble niaise, si je vous dis que, lorsqu'on venait la voir, on la trouvait quelquefois sur une meule, remuant une énorme fourche et les cheveux entremêlés de foin ; mais elle sautait à terre comme un oiseau, et, avant que vous n'eussiez le temps de voir l'enfant gâté, la comtesse était près de vous, et vous faisait les honneurs de chez elle avec une grâce qui fait tout pardonner.

Si elle n'était pas à la basse-cour, il fallait alors, pour la rencontrer, gagner au fond du parc un petit tertre vert au milieu des rochers : c'était un vrai désert d'enfant, comme celui de Rousseau à Ermenonville, trois cailloux et une bruyère ; là, assise à l'ombre, elle chantait à haute voix en lisant les *Oraisons funèbres* de Bossuet, ou tout autre ouvrage aussi grave. Si là encore vous ne la trouviez pas, elle courait à cheval dans la vigne, forçant quelque rosse de la ferme à sauter les fossés et les échaliers, et se divertissant toute seule aux dépens de la pauvre bête avec un imperturbable sang-froid. Si vous ne la voyiez ni à la vigne, ni au désert, ni à la basse-cour, elle était probablement devant son piano, déchiffrant une partition nouvelle, la tête en avant, les yeux animés et les mains tremblantes ; la lecture de la musique l'occupait tout entière, et elle palpitait d'espérance en pensant qu'elle allait découvrir un air, une phrase de son goût. Mais si le piano était muet comme le reste, vous aperceviez alors la maîtresse de la maison assise ou plutôt accroupie sur un coussin au coin de la cheminée, et tisonnant, la pincette à la main. Ses yeux distraits cherchent dans les veines du marbre des figures, des animaux, des paysages, mille aliments de rêveries, et, perdue dans cette contemplation, elle se brûle le bout du pied avec sa pincette rougie au feu.

Voilà de vraies folies, allez-vous dire ; ce n'est pas un roman que je fais, madame, et vous vous en apercevez bien.

Comme, malgré ses folies, elle avait de l'esprit, il se trouva que, sans qu'elle y pensât, il s'était formé au bout de quelque temps un cercle de gens d'esprit autour d'elle. M. de Marsan, en 1829, fut obligé d'aller en Allemagne pour une affaire de succession qui ne lui rapporta rien. Il ne voulut point emmener sa femme, et la confia à la marquise d'Ennery, sa tante, qui vint loger au Moulin de May. Madame d'Ennery était d'humeur mondaine ; elle avait été belle aux beaux jours de l'Empire, et elle marchait avec une dignité folâtre, comme si elle eût traîné une robe à queue. Un vieil éventail à paillettes, qui ne la quittait pas, lui servait à se cacher à demi lorsqu'elle se permettait un propos grivois, qui lui échappait volontiers ; mais la décence restait toujours à portée de sa main, et, dès que l'éventail se baissait, les paupières de la dame en faisaient autant. Sa façon de voir et de parler étonna d'abord Emmeline à un point qu'on ne peut se figurer ; car, avec son étourderie, madame de Marsan était restée d'une innocence rare. Les récits plaisants de sa tante, la manière dont celle-ci envisageait le mariage, ses demi-sourires en parlant des autres, ses hélas ! en parlant d'elle-même, tout cela rendait Emmeline tantôt sérieuse et stupéfaite, tantôt folle de plaisir, comme la lecture d'un conte de fées.

Quand la vieille dame vit l'*allée des Soupirs*, il va sans dire qu'elle l'aima beaucoup. La nièce y vint par complaisance ; ce fut là qu'à travers un déluge de sornettes Emmeline entrevit le fond des choses, ce qui veut dire, en bon français, la façon de vivre des Parisiens.

Elles se promenaient seules toutes deux un matin, et gagnaient en causant le bois de la Rochette ; madame d'Ennery essayait vainement de faire raconter à la comtesse l'histoire de ses amours ; elle la questionnait de cent manières sur ce qui s'était passé à Paris, pendant l'année mystérieuse où M. de Marsan faisait la cour à mademoiselle Duval ; elle lui demandait en riant s'il y avait eu quelques rendez-vous, un baiser pris avant le contrat, enfin comment la passion était venue. Emmeline, sur ce sujet, a été muette toute sa vie ; je me trompe peut-être, mais je crois que la raison de ce silence, c'est qu'elle ne peut parler de rien sans en plaisanter, et qu'elle ne veut pas plaisanter là-dessus. Bref, la douairière, voyant sa peine perdue, changea de thèse, et demanda si, après quatre ans de mariage, cet amour étrange vivait encore. — Comme il vivait au premier jour, répondit Emmeline, et comme il vivra à mon dernier jour. Madame d'Ennery, à cette parole, s'arrêta, et baisa majestueusement sa nièce sur le front. — Chère enfant, dit-elle, tu mérites d'être heureuse, et le bonheur est fait, à coup sûr, pour l'homme qui est aimé de toi. Après cette phrase prononcée d'un ton emphatique, elle se redressa tout d'une pièce, et ajouta en minaudant : — Je croyais que M. de Sorgues te faisait les yeux doux ?

M. de Sorgues était un jeune homme à la mode, grand amateur de chasse et de chevaux, qui venait souvent au Moulin de May, plutôt pour le comte que pour sa femme. Il était cependant assez vrai qu'il avait fait les *yeux doux* à la comtesse ; car quel homme désœuvré, à douze lieues de Paris, ne regarde une jolie femme quand il la rencontre ? Emmeline ne s'était jamais guère occupée de lui, sinon pour veiller à ce qu'il ne manquât de rien chez elle. Il lui était indifférent, mais l'observation de sa tante le lui fit secrètement haïr malgré elle. Le hasard voulut qu'en rentrant du bois elle vît précisément dans la cour une voiture qu'elle reconnut pour celle de M. de Sorgues. Il se présenta un instant après, témoignant le regret d'arriver trop tard de la campagne où il avait passé l'été, et de ne plus trouver M. de Marsan. Soit étonnement, soit répugnance, Emmeline ne put cacher quelque émotion en le voyant ; elle rougit, et il s'en aperçut.

Comme M. de Sorgues était abonné à l'Opéra, et qu'il avait entretenu deux ou trois figurantes à cent écus par mois, il se croyait homme à bonnes fortunes, et obligé d'en soutenir le rôle. En allant dîner, il voulut savoir jusqu'à quel point il avait ébloui, et serra la main de madame de Marsan. Elle frissonna de la tête aux pieds, tant l'impression lui fut nouvelle ; il n'en fallait pas tant pour rendre un fat ivre d'orgueil.

Il fut décidé par la tante, un mois durant, que M. de Sorgues était l'*adorateur* ; c'était un sujet intarissable d'antiques fadaises et de mots à double entente qu'Emmeline supportait avec peine, mais auxquels son bon naturel la forçait de se plier. Dire par quels motifs la vieille marquise trouvait l'adorateur aimable, par quels autres motifs il lui plaisait moins, c'est malheureusement ou heureusement une chose impossible à écrire et impossible à deviner. Mais on peut aisément supposer l'effet que produisaient sur Emmeline de pareilles idées, accompagnées, bien entendu, d'exemples tirés de l'histoire moderne, et de tous les principes des gens bien élevés qui font l'amour comme des maîtres de danse. Je crois que c'est dans un livre aussi dangereux que les liaisons dont parle son titre, que se trouve une remarque dont on ne connaît pas assez la profondeur : « Rien ne corrompt plus vite une jeune femme, y est-il dit, que de croire corrompus ceux qu'elle doit respecter[1]. » Les propos de madame d'Ennery éveillaient dans l'âme de sa nièce un sentiment d'une autre nature. Qui suis-je donc, se disait-elle, si le monde est ainsi ? La pensée de son mari absent la tourmentait ; elle aurait voulu le trouver près d'elle lorsqu'elle rêvait au coin du feu ; elle eût du moins pu le consulter, lui demander la vérité ; il devait la savoir, puisqu'il était homme, et elle sentait que la vérité dite par cette bouche ne pouvait pas être à craindre.

1. *Les liaisons dangereuses* de Laclos.

Elle prit le parti d'écrire à M. de Marsan, et de se plaindre de sa tante. Sa lettre était faite et cachetée et elle se disposait à l'envoyer, quand, par une bizarrerie de son caractère, elle la jeta au feu en riant. Je suis bien sotte de m'inquiéter, se dit-elle avec sa gaieté habituelle, ne voilà-t-il pas un beau monsieur pour me faire peur avec ses yeux doux ? M. de Sorgues entrait au moment même. Apparemment que, pendant sa route, il avait pris des résolutions extrêmes ; le fait est qu'il ferma brusquement la porte, et, s'approchant d'Emmeline sans lui dire un mot, il la saisit et l'embrassa.

Elle resta muette d'étonnement, et, pour toute réponse, tira sa sonnette. M. de Sorgues, en sa qualité d'homme à bonnes fortunes, comprit aussitôt et se sauva. Il écrivit le soir même une grande lettre à la comtesse, et on ne le revit plus au Moulin de May.

III

Emmeline ne parla de son aventure à personne. Elle n'y vit qu'une leçon pour elle, et un sujet de réflexion. Son humeur n'en fut pas altérée ; seulement, quand madame d'Ennery, selon sa coutume, l'embrassait le soir avant de se retirer, un léger frisson faisait pâlir la comtesse.

Bien loin de se plaindre de sa tante, comme elle l'avait d'abord résolu, elle ne chercha qu'à se rapprocher d'elle et à la faire parler davantage. La pensée du danger étant écartée par le départ de l'adorateur, il n'était resté dans la tête de la comtesse qu'une curiosité insatiable. La marquise avait eu, dans la force du terme, ce qu'on appelle une jeunesse orageuse ; en avouant le tiers de la vérité, elle était déjà très divertissante, et avec sa nièce, après dîner, elle en avouait quelquefois la moitié. Il est vrai que, tous les matins, elle se réveillait avec l'intention de ne plus rien dire, et de reprendre tout ce qu'elle avait dit ; mais ses anecdotes ressemblaient, par malheur, aux moutons de Panurge : à mesure que la journée avançait, les confidences se multipliaient ; en sorte que, quand minuit sonnait, il se trouvait quelquefois que l'aiguille semblait avoir compté le nombre des historiettes de la bonne dame.

Enfoncée dans un grand fauteuil, Emmeline écoutait gravement ; je n'ai pas besoin d'ajouter que cette gravité était troublée à chaque instant par un fou rire et par les questions les plus plaisantes. À travers les scrupules et les réticences indispensables, madame de Marsan déchiffrait sa tante, comme un manuscrit précieux où il manque nombre de feuillets, que l'intelligence du lecteur doit remplacer : le monde lui apparut sous un nouvel aspect ; elle vit que, pour faire mouvoir les marionnettes, il fallait connaître et saisir les fils. Elle prit dans cette pensée une indulgence pour les autres qu'elle a toujours conservée ; il semble, en effet, que rien ne la choque, et personne n'est moins sévère qu'elle pour ses amis ; cela vient de ce que l'expérience l'a forcée à se regarder comme un être à part, et qu'en s'amusant innocemment des faiblesses d'autrui elle a renoncé à les imiter.

Ce fut alors que, de retour à Paris, elle devint cette comtesse de Marsan dont on a tant parlé, et qui fut si vite à la mode. Ce n'était plus la petite Duval, ni la jeune mariée turbulente et presque toujours décoiffée. Une seule épreuve et sa volonté l'avaient subitement métamorphosée. C'était une femme de tête et de cœur qui ne voulait ni amours ni conquêtes, et qui, avec une sagesse reconnue, trouvait moyen de plaire partout. Il semblait qu'elle se fût dit : « Puisque c'est ainsi que va le monde, eh bien ! nous le prendrons comme il est. » Elle avait deviné la vie, et pendant un an, vous vous en souvenez, il n'y eut pas de plaisir sans elle. On a cru et on a dit, je le sais, qu'un changement si extraordinaire n'avait pu être fait que par l'amour, et on a attribué à une passion nouvelle le nouvel éclat de la comtesse. On juge si vite, et on se trompe si bien ! Ce qui fit le charme d'Emmeline, ce fut son parti pris de n'attaquer personne, et d'être elle-même inattaquable. S'il y a quelqu'un à qui puisse s'appliquer ce mot charmant d'un de nos poètes : « Je vis par curiosité* », c'est à madame de Marsan. Ce mot la résume tout entière.

M. de Marsan revint ; le peu de succès de son voyage ne l'avait pas mis de bonne humeur. Ses projets étaient renversés. La révolution de Juillet vint par là-dessus, et il perdit ses épaulettes. Fidèle au parti qu'il servait, il ne sortit plus que pour faire de rares visites dans le faubourg Saint-Germain. Au milieu de ces tristes circonstances, Emmeline tomba malade ; sa santé délicate fut brisée par de longues souffrances, et elle pensa mourir. Un an après, on la reconnaissait à peine. Son oncle l'emmena en Italie, et ce ne fut qu'en 1832 qu'elle revint de Nice avec le digne homme.

Je vous ai dit qu'il s'était formé un cercle autour d'elle ; elle le retrouva au retour ; mais, de vive et alerte qu'elle était, elle devint sédentaire. Il semblait que l'agilité de son corps l'eût quittée et ne fût restée que dans son esprit. Elle sortait rarement, comme son mari, et on ne passait guère le soir sous sa fenêtre sans voir la

* Victor Hugo : *Marion Delorme* (Note d'A. de Musset)

lumière de sa lampe. Là se rassemblaient quelques amis ; comme les gens d'élite se cherchent, l'hôtel de Marsan fut bientôt un lieu de réunion très agréable, que l'on n'abordait ni trop difficilement ni trop aisément, et qui eut le bon sens de ne pas devenir un bureau d'esprit. M. de Marsan, habitué à une vie plus agitée, s'ennuyait de ne savoir que faire. Les conversations et l'oisiveté n'avaient jamais été fort à son goût. On le vit d'abord plus rarement chez la comtesse, et peu à peu on ne le vit plus. On a dit même que, fatigué de sa femme, il avait pris une maîtresse ; comme ce n'est pas prouvé, nous n'en parlerons pas.

Cependant Emmeline avait vingt-cinq ans, et, sans se rendre compte de ce qui se passait en elle, elle sentait aussi l'ennui la gagner. L'*allée des Soupirs* lui revint en mémoire, et la solitude l'inquiéta. Il lui semblait éprouver un désir, et, quand elle cherchait ce qui lui manquait, elle ne trouvait rien. Il ne lui venait pas à la pensée qu'on pût aimer deux fois dans sa vie ; sous ce rapport, elle croyait avoir épuisé son cœur, et M. de Marsan en était pour elle l'unique dépositaire ; lorsqu'elle entendait la Malibran, une crainte involontaire la saisissait ; rentrée chez elle et renfermée, elle passait quelquefois la nuit entière à chanter seule, et il arrivait que sur ses lèvres les notes devenaient convulsives.

Elle crut que sa passion pour la musique suffirait pour la rendre heureuse ; elle avait une loge aux Italiens, qu'elle fit tendre de soie comme un boudoir. Cette loge, décorée avec un soin extrême, fut pendant quelque temps l'objet constant de ses pensées ; elle en avait choisi l'étoffe, elle y fit porter une petite glace gothique qu'elle aimait. Ne sachant comment prolonger ce plaisir d'enfant, elle y ajoutait chaque jour quelque chose ; elle fit elle-même pour sa loge un petit tabouret en tapisserie, qui était un chef-d'œuvre ; enfin, quand tout fut décidément achevé, quand il n'y eut plus moyen de rien inventer, elle se trouva seule, un soir, dans son coin chéri, en face du *Don Juan* de Mozart. Elle ne regardait ni la salle ni le théâtre ; elle éprouvait une impatience irrésistible ; Rubini, madame Heinefetter et mademoiselle Sontag chantaient le trio des Masques, que le public leur fit répéter. Perdue dans sa rêverie, Emmeline écoutait de toute son âme ; elle s'aperçut, en revenant à elle, qu'elle avait étendu le bras sur une chaise vide à ses côtés, et qu'elle serrait fortement son mouchoir, à défaut d'une main amie. Elle ne se demanda pas pourquoi M. de Marsan n'était pas là, mais elle se demanda pourquoi elle y était seule, et cette réflexion la troubla.

Elle trouva, en rentrant, son mari dans le salon, jouant aux échecs avec un de ses amis. Elle s'assit à quelque distance, et, presque malgré elle, regarda le comte. Elle suivait les mouvements de cette noble figure, qu'elle avait vue si belle à dix-huit ans, lorsqu'il s'était jeté au-devant de son cheval. M. de Marsan perdait, et ses sourcils froncés ne lui prêtaient pas une expression gracieuse. Il sourit tout à coup ; la fortune tournait de son côté, et ses yeux brillèrent.

— Vous aimez donc beaucoup ce jeu ? demanda Emmeline en souriant.

— Comme la musique, pour passer le temps, répondit le comte.

Et il continua sans regarder sa femme.

« Passer le temps ! » se répéta tout bas madame de Marsan, dans sa chambre, au moment de se mettre au lit. Ce mot l'empêchait de dormir : « Il est beau, il est brave, se disait-elle, il m'aime. » Cependant son cœur battait avec violence ; elle écoutait le bruit de la pendule, et la vibration monotone du balancier lui était insupportable ; elle se leva pour l'arrêter. « Que fais-je ? se demanda-t-elle ; arrêterai-je l'heure et le temps, en forçant cette petite horloge à se taire ? »

Les yeux fixés sur la pendule, elle se livra à des pensées qui ne lui étaient pas encore venues. Elle songea au passé, à l'avenir, à la rapidité de la vie ; elle se demanda pourquoi nous sommes sur terre, ce que nous y faisons, ce qui nous attend après. En cherchant dans son cœur elle n'y trouva qu'un jour où elle eût vécu, celui où elle avait senti qu'elle aimait. Le reste lui sembla un rêve confus, une succession de journées uniformes comme le mouvement du balancier. Elle posa sa main sur son front, et sentit un besoin invincible de vivre, dirai-je de souffrir ? peut-être. Elle eût préféré, en cet instant, la souffrance à sa tristesse. Elle se dit qu'à tout prix elle voulait changer son existence. Elle fit cent projets de voyage, et aucun pays ne lui plaisait. Qu'irait-elle chercher ? L'inutilité de ses désirs, l'incertitude qui l'accablait l'effrayèrent ; elle crut avoir eu un moment de folie, elle courut à son piano, et voulut jouer son trio des Masques, mais aux premiers accords elle fondit en larmes, et resta pensive et découragée.

IV

Parmi les habitués de l'hôtel de Marsan se trouvait un jeune homme nommé Gilbert. Je sens, madame qu'en vous parlant de lui, je touche ici à un point délicat, et je ne sais trop comment je m'en tirerai.

Il venait, depuis six mois, une ou deux fois par semaine, chez la comtesse, et ce qu'il ressentait près d'elle ne doit peut-être pas s'appeler de l'amour. Quoi qu'on en dise, l'amour, c'est l'espérance ; et telle que ses amis la connaissaient, si Emmeline inspirait des désirs, sa conduite et son caractère n'étaient pas faits pour les enhardir. Jamais, en présence de madame de Marsan, Gilbert ne s'était adressé de question de ce genre. Elle lui plaisait par sa conversation, par ses manières de voir, par ses goûts, par son esprit, et par un peu de malice qui est le hochet de l'esprit. Éloigné d'elle, un regard, un sourire, quelque beauté secrète entrevue, que sais-je ? mille souvenirs s'emparaient de lui, et le poursuivaient incessamment, comme ces fragments de mélodie dont on ne peut se débarrasser à la suite d'une soirée musicale ; mais, dès qu'il la voyait, il retrouvait le calme, et la facilité qu'il avait de la voir souvent l'empêchait peut-être de souhaiter davantage, car ce n'est quelquefois qu'en perdant ceux qu'on aime qu'on sent combien on les aimait.

En allant le soir chez Emmeline, on la trouvait presque toujours entourée ; Gilbert n'arrivait guère que vers dix heures, au moment où il y avait le plus de monde, et personne ne restait le dernier : on sortait ensemble à minuit, quelquefois plus tard, s'il s'était trouvé une histoire amusante en train. Il en résultait que, depuis six mois, malgré son assiduité chez la comtesse, Gilbert n'avait point eu de tête-à-tête avec elle. Il la connaissait cependant très bien, et peut-être mieux que de plus intimes, soit par une pénétration naturelle, soit par un autre motif qu'il faut vous dire aussi. Il aimait la musique autant qu'elle ; et, comme un goût dominant explique bien des choses, c'était par là qu'il la devinait : il y avait telle phrase d'une romance, tel passage d'un air italien qui était pour lui la clef d'un trésor ; l'air achevé, il regardait Emmeline, et il était rare qu'il ne rencontrât pas ses yeux. S'agissait-il d'un livre nouveau ou d'une pièce représentée la veille, si l'un d'eux en disait son avis, l'autre approuvait d'un signe de tête. À une anecdote, il leur arrivait de rire au même endroit ; et le récit touchant d'une belle action leur faisait retourner les regards en même temps, de peur de trahir l'émotion trop vive. Pour tout exprimer par un bon vieux mot, il y avait entre eux sympathie. Mais, direz-vous, c'est de l'amour ; patience, madame, pas encore.

Gilbert allait souvent aux Bouffes, et passait quelquefois un acte dans la loge de la comtesse. Le hasard fit qu'un de ces jours-là on donnât encore *Don Juan*. M. de Marsan y était. Emmeline, lorsque vint le trio, ne put s'empêcher de regarder à côté d'elle et de se souvenir de son mouchoir ; c'était, cette fois, le tour de Gilbert de rêver au son des basses et de la mélancolique harmonie ; toute son âme était sur les lèvres de mademoiselle Sontag, et qui n'eût pas senti comme lui aurait pu le croire amoureux fou de la charmante cantatrice ; les yeux du jeune homme étincelaient. Sur son visage un peu pâle, ombragé de longs cheveux noirs, on lisait le plaisir qu'il éprouvait ; ses lèvres étaient entr'ouvertes, et sa main tremblante frappait légèrement la mesure sur le velours de la balustrade. Emmeline sourit ; et en ce moment, je suis forcé de l'avouer, en ce moment, assis au fond de la loge, le comte dormait profondément.

Tant d'obstacles s'opposent ici-bas à des hasards de cette espèce, que ce ne sont que des rencontres : mais, par cela même, ils frappent davantage, et laissent un plus long souvenir : Gilbert ne se douta même pas de la pensée secrète d'Emmeline et de la comparaison qu'elle avait pu faire. Il y avait pourtant de certains jours où il se demandait au fond du cœur si la comtesse était heureuse ; en se le demandant, il ne le croyait pas ; mais, dès qu'il y pensait, il n'en savait plus rien. Voyant à peu près les mêmes gens et vivant dans le même monde, ils avaient tous deux nécessairement mille occasions de s'écrire pour des motifs légers ; ces billets indifférents, soumis aux lois de la cérémonie, trouvaient toujours moyen de renfermer un mot, une pensée, qui donnaient à rêver. Gilbert restait souvent une matinée avec une lettre de madame de Marsan ouverte sur la table ; et, malgré lui, de temps en temps il y jetait les yeux. Son imagination excitée lui faisait chercher un sens particulier aux choses les plus insignifiantes. Emmeline signait quelquefois en italien : « *Vostrissima* » ; et il avait beau n'y voir qu'une formule amicale, il se répétait que ce mot voulait pourtant dire : Toute à vous.

Sans être homme à bonnes fortunes comme M. de Sorgues, Gilbert avait eu des maîtresses : il était loin de professer pour les femmes cette apparence de mépris précoce que les jeunes gens prennent pour une mode, mais il avait sa façon de penser, et je ne vous l'expliquerai pas autrement qu'en vous disant que la comtesse de Marsan lui paraissait une exception. Assurément, bien des femmes sont sages ; je me trompe, madame, elles le sont toutes ; mais il y a manière de l'être. Emmeline, à son âge, riche, jolie, un peu triste, exaltée sur certains points, insouciante à l'excès sur d'autres, environnée de la meilleure compagnie, pleine de talent, aimant le plaisir, tout cela semblait au jeune homme d'étranges éléments de sagesse. « Elle est belle, pourtant ! se disait-il, tandis que par les douces soirées d'août il se promenait sur le boulevard Italien. Elle aime son mari sans doute, mais ce n'est que de l'amitié ; l'amour est passé ; vivra-t-elle sans amour ? » Tout en y pensant, il fit réflexion que depuis six mois il vivait sans maîtresse.

Un jour qu'il était en visites, il passa devant la porte de l'hôtel Marsan, et y frappa, contre sa coutume, attendu qu'il n'était que trois heures : il espérait trouver la comtesse seule, et il s'étonnait que l'idée de cet heureux hasard lui vînt pour la première fois. On lui répondit qu'elle était sortie. Il reprit le chemin de son logis de mauvaise humeur, et, comme c'était son habitude, il parlait seul entre ses dents. Je n'ai que faire de vous dire à quoi il songeait. Ses distractions l'entraînèrent peu à peu, et il s'écarta de sa route. Ce fut, je crois, au coin du carrefour Bussy[1] qu'il heurta assez rudement un passant, et d'une manière au moins bizarre ; car il se trouva tout à coup face à face avec un visage inconnu, à qui il venait de dire tout haut : « Si je vous le disais, pourtant, que je vous aime ? »

Il s'esquivait honteux de sa folie, dont il ne pouvait s'empêcher de rire, lorsqu'il s'aperçut que son apostrophe ridicule faisait un vers assez

1. On a respecté l'orthographe de Musset. Il faut lire « Buci. »

bien tourné. Il en avait fait quelques-uns du temps qu'il était au collège ; il lui prit la fantaisie de chercher la rime et il la trouva comme vous allez voir.

Le lendemain était un samedi, jour de réception de la comtesse. M. de Marsan commençait à se relâcher de ses résolutions solitaires, et il y avait grande foule ce jour-là ; les lustres allumés, toutes les portes ouvertes, cercle énorme à la cheminée, les femmes d'un côté, les hommes de l'autre ; ce n'était pas un lieu à billets doux. Gilbert s'approcha, non sans peine, de la maîtresse de la maison ; après avoir causé de choses indifférentes avec elle et ses voisines un quart d'heure, il tira de sa poche un papier plié qu'il s'amusait à chiffonner. Comme ce papier, tout chiffonné qu'il était, avait pourtant un air de lettre, il attendait qu'on le remarquerait ; quelqu'un le remarqua en effet, mais ce ne fut pas Emmeline. Il le remit dans sa poche, puis l'en tira de nouveau ; enfin la comtesse y jeta les yeux et lui demanda ce qu'il tenait. « Ce sont, lui dit-il, des vers de ma façon que j'ai faits pour une belle dame, et je vous les montrerais, si vous me promettiez que, dans le cas où vous devineriez qui c'est, vous ne me nuirez pas dans son esprit. »

Emmeline prit le papier et lut les stances suivantes :

À NINON

Si je vous le disais, pourtant, que je vous aime,
Qui sait, brune aux yeux bleus, ce que vous en diriez ?
L'amour, vous le savez, cause une peine extrême :
C'est un mal sans pitié que vous plaignez vous-même ;
Peut-être cependant que vous m'en puniriez.

Si je vous le disais, que six mois de silence
Cachent de longs tourments et des vœux insensés ?
Ninon, vous êtes fine, et votre insouciance
Se plaît, comme une fée, à deviner d'avance. —
Vous me répondriez peut-être : Je le sais.

Si je vous le disais, qu'une douce folie
A fait de moi votre ombre, et m'attache à vos pas ?
Un petit air de doute et de mélancolie,
Vous le savez, Ninon, vous rend bien plus jolie ; —
Peut-être diriez-vous que vous n'y croyez pas.

Si je vous le disais, que j'emporte dans l'âme
Jusques aux moindres mots de nos propos du soir ? —
Un regard offensé, vous le savez, madame,
Change deux yeux d'azur en deux éclairs de flamme ; —
Vous me défendriez peut-être de vous voir.

Si je vous le disais, que chaque nuit je veille,
Que chaque jour je pleure et je prie à genoux ?
Ninon, quand vous riez, vous savez qu'une abeille
Prendrait pour une fleur votre bouche vermeille ; —
Si je vous le disais, peut-être en ririez-vous.

Mais vous n'en saurez rien ; — je viens, sans en rien dire,
M'asseoir sous votre lampe et causer avec vous ;
Votre voix, je l'entends, votre air, je le respire ; —
Et vous pouvez douter, deviner et sourire,
Vos yeux ne verront pas de quoi m'être moins doux.

Je récolte en secret des fleurs mystérieuses ;
Le soir, derrière vous, j'écoute au piano
Chanter sur le clavier vos mains harmonieuses,
Et, dans les tourbillons de nos valses joyeuses,
Je vous sens, dans mes bras, plier comme un roseau.

La nuit, quand de si loin le monde nous sépare,
Quand je rentre chez moi pour tirer mes verrous,
De mille souvenirs en jaloux je m'empare ;
Et là, seul, devant Dieu, plein d'une joie avare,
J'ouvre, comme un trésor, mon cœur tout plein de vous.

J'aime, et je sais répondre avec indifférence ;
J'aime, et rien ne le dit ; j'aime, et seul je le sais ;
Et mon secret m'est cher, et chère ma souffrance ;
Et j'ai fait le serment d'aimer sans espérance,
Mais non pas sans bonheur ; — je vous vois, c'est assez.

Non, je n'étais pas né pour ce bonheur suprême
De mourir dans vos bras et de vivre à vos pieds :
Tout me le prouve, hélas ! jusqu'à ma douleur même…
Si je vous le disais, pourtant, que je vous aime,
Qui sait, brune aux yeux bleus, ce que vous en diriez ?

Lorsque Emmeline eut achevé sa lecture, elle rendit le papier à Gilbert, sans rien dire. Un peu après, elle le lui redemanda, relut une seconde fois, puis garda le papier à la main d'un air indifférent, comme il avait fait tout à l'heure, et, quelqu'un s'étant approché, elle se leva et oublia de rendre les vers.

V

Qui sommes-nous, je vous le demande, pour agir aussi légèrement ? Gilbert était sorti joyeux pour se rendre à cette soirée ; il revint tremblant comme une feuille. Ce qu'il y avait dans ses vers d'un peu exagéré et d'un peu *plus que vrai,* était devenu vrai dès que la comtesse y avait touché. Elle n'avait cependant rien répondu, et, devant tant de témoins, impossible de l'interroger. Était-elle offensée ? Comment interpréter son silence ? Parlerait-elle la première fois, et que dirait-elle ? Son image se présentait tantôt froide et sévère, tantôt douce et riante. Gilbert ne put supporter l'incertitude ; après une nuit sans sommeil, il retourna chez la comtesse ; il apprit qu'elle venait de partir en poste, et qu'elle était au Moulin de May.

Il se rappela que peu de jours auparavant il lui avait demandé par hasard si elle comptait aller à la campagne, et qu'elle lui avait répondu que non ; ce souvenir le frappa tout à coup. « C'est à cause de moi qu'elle part, se dit-il ; elle me craint, elle m'aime ! » À ce dernier mot, il s'arrêta. Sa poitrine était oppressée, il respirait à peine et je ne sais quelle frayeur le saisit ; il tressaillit malgré lui à l'idée d'avoir touché si vite un si noble cœur. Les volets fermés, la cour de l'hôtel déserte, quelques domestiques qui chargeaient un fourgon, ce départ précipité, cette sorte de fuite, tout cela le troubla et l'étonna. Il rentra chez lui à pas lents. En un quart d'heure il était devenu un autre homme. Il ne prévoyait plus rien, ne calculait plus rien ; il ne savait plus ce qu'il avait fait la veille, ni quelles circonstances l'avaient amené là ; aucun sentiment d'orgueil ne trouvait place dans sa pensée ; durant cette journée entière il ne songea pas même aux moyens de profiter de sa position nouvelle, ni à tenter de voir Emmeline ; elle ne lui apparaissait plus ni douce ni sévère ; il la voyait assise à la terrasse, relisant les stances qu'elle avait gardées, et en se répétant : « Elle m'aime ! » il se demandait s'il en était digne.

Gilbert n'avait pas vingt-cinq ans ; lorsque sa conscience eut parlé, son âge lui parla à son tour. Il prit la voiture de Fontainebleau le lendemain, et arriva le soir au Moulin de May ;

quand on l'annonça, Emmeline était seule ; elle le reçut avec un malaise visible ; en le voyant fermer la porte, le souvenir de M. de Sorgues la fit pâlir. Mais, à la première parole de Gilbert elle vit qu'il n'était pas plus rassuré qu'elle-même. Au lieu de lui toucher la main comme il faisait d'ordinaire, il s'assit d'un air plus timide et plus réservé qu'auparavant. Ils restèrent seuls environ une heure, et il ne fut question ni des stances ni de l'amour qu'elles exprimaient. Quand M. de Marsan rentra de la promenade, un nuage passa sur le front de Gilbert, il se dit qu'il avait bien mal profité de son premier tête-à-tête. Mais il en fut tout autrement d'Emmeline ; le respect de Gilbert, l'avait émue, elle tomba dans la plus dangereuse rêverie, elle avait compris qu'elle était aimée, et de l'instant qu'elle se crut en sûreté, elle aima.

Lorsqu'elle descendit, le jour suivant, au déjeuner, les belles couleurs de la jeunesse avaient reparu sur ses joues ; son visage aussi bien que son cœur avait rajeuni de dix ans. Elle voulut sortir à cheval malgré un temps affreux ; elle montait une superbe jument qu'il n'était pas facile de faire obéir, et il semblait qu'elle voulût exposer sa vie ; elle balançait en riant sa cravache au-dessus de la tête de l'animal inquiet, et elle ne put résister au singulier plaisir de le frapper sans qu'il eût mérité ; elle le sentit bondir de colère et, tandis qu'il secouait l'écume dont il était couvert, elle regarda Gilbert. Par un mouvement rapide, le jeune homme s'était approché et voulait saisir la bride du cheval. « Laissez, laissez, dit-elle en riant, je ne tomberai pas ce matin. »

Il fallait pourtant bien parler de ces stances, et ils s'en parlaient en effet beaucoup tous deux, mais des yeux seulement : ce langage en vaut bien un autre. Gilbert passa trois jours au Moulin de May, sur le point de tomber à genoux à chaque instant. Quand il regardait la taille d'Emmeline, il tremblait de ne pouvoir résister à la tentation de l'entourer de ses bras ; mais, dès qu'elle faisait un pas, il se rangeait pour la laisser passer, comme s'il eût craint de toucher sa robe. Le troisième jour au soir, il avait annoncé son départ pour le lendemain matin ; il fut question de valse en prenant le thé, et de l'ode de lord Byron sur la valse. Emmeline remarqua que, pour parler avec tant d'animosité, il fallait que le plaisir eût excité bien vivement l'envie du poète qui ne pouvait le partager[1] ; elle fut chercher le livre à l'appui de son dire, et, pour que Gilbert pût lire avec elle, elle se plaça si près de lui que ses cheveux lui effleurèrent la joue. Ce léger contact causa au jeune homme un frisson de plaisir auquel il

1. Byron était pied-bot.

n'eût pas résisté si M. de Marsan n'eût été là. Emmeline s'en aperçut et rougit : on ferma le livre, et ce fut tout l'événement du voyage.

Voilà, n'est-il pas vrai, madame, un amoureux assez bizarre ? Il y a un proverbe qui prétend que ce qui est différé n'est pas perdu. J'aime peu les proverbes en général, parce que ce sont des selles à tous chevaux ; il n'en est pas un qui n'ait son contraire, et, quelque conduite que l'on tienne, on en trouve un pour s'appuyer. Mais je confesse que celui que je cite me paraît faux cent fois dans l'application, pour une fois qu'il se trouvera juste, tout au plus à l'usage de ces gens aussi patients que résignés, aussi résignés qu'indifférents. Qu'on tienne ce langage en paradis, que les saints se disent entre eux que ce qui est différé n'est pas perdu, c'est à merveille ; il sied à des gens qui ont devant eux l'éternité de jeter le temps par les fenêtres. Mais nous, pauvres mortels, notre chance n'est pas si longue. Aussi je vous livre mon héros pour ce qu'il est ; je crois pourtant que, s'il eût agi de toute autre manière, il eût été traité comme M. de Sorgues.

Madame de Marsan revint au bout de la semaine. Gilbert arriva un soir chez elle de très bonne heure. La chaleur était accablante. Il la trouva seule au fond de son boudoir, étendue sur un canapé. Elle était vêtue de mousseline, les bras et le col nus. Deux jardinières pleines de fleurs embaumaient la chambre ; une porte ouverte sur le jardin laissait entrer un air tiède et suave. Tout disposait à la mollesse. Cependant une taquinerie étrange, inaccoutumée, vint traverser leur entretien. Je vous ai dit qu'il leur arrivait continuellement d'exprimer en même temps, et dans les mêmes termes, leurs pensées, leurs sensations ; ce soir-là ils n'étaient d'accord sur rien, et par conséquent tous deux de mauvaise foi. Emmeline passait en revue certaines femmes de sa connaissance. Gilbert en parla avec enthousiasme, et elle en disait du mal à proportion. L'obscurité vint ; il se fit un silence. Un domestique entra, apportant une lampe ; madame de Marsan dit qu'elle n'en voulait pas, et qu'on la mît dans le salon. À peine cet ordre donné, elle parut s'en repentir, et, s'étant levée avec quelque embarras, elle se dirigea vers son piano. « Venez voir, dit-elle à Gilbert, le petit tabouret de ma loge, que je viens de faire monter autrement ; il me sert maintenant pour m'asseoir là ; on vient de me l'apporter tout à l'heure, et je vais vous faire un peu de musique, pour que vous en ayez l'étrenne. »

Elle préludait doucement par de vagues mélodies, et Gilbert reconnut bientôt son air favori, *le Désir* de Beethoven. S'oubliant peu à peu, Emmeline répandit dans son exécution l'expression la plus passionnée, pressant le mouvement à faire battre le cœur, puis s'arrêtant tout à coup comme si la respiration lui eût manqué, forçant le son et le laissant s'éteindre. Nulles paroles n'égaleront jamais la tendresse d'un pareil langage. Gilbert était debout, et de temps en temps les beaux yeux se levaient pour le consulter. Il s'appuya sur l'angle du piano, tous deux luttaient contre le trouble, quand un accident presque ridicule vint les tirer de leur rêverie.

Le tabouret cassa tout à coup, et Emmeline tomba aux pieds de Gilbert. Il s'élança pour lui tendre la main ; elle la prit et se releva en riant ; il était pâle comme un mort, craignant qu'elle ne fût blessée. « C'est bon, dit-elle, donnez-moi une chaise ; ne dirait-on pas que je suis tombée d'un cinquième ? »

Elle se mit à jouer une contredanse et, tout en jouant, à le plaisanter sur la peur qu'il avait eue.

« — N'est-il pas tout simple, lui dit-il, que je m'effraye de vous voir tomber ? — Bah ! répondit-elle, c'est un effet nerveux ; ne croyez-vous pas que j'en suis reconnaissante ? Je conviens que ma chute est ridicule ; mais je trouve, ajouta-t-elle assez sèchement, je trouve que votre peur l'est davantage. »

Gilbert fit quelques tours de chambre, et la contredanse d'Emmeline devenait moins gaie d'instant en instant. Elle sentait qu'en voulant le railler, elle l'avait blessé. Il était trop ému pour pouvoir parler. Il revint s'appuyer au même endroit, devant elle ; ses yeux gonflés ne purent retenir quelques larmes ; Emmeline se leva aussitôt et fut s'asseoir au fond de la chambre, dans un coin obscur. Il s'approcha d'elle et lui reprocha sa dureté. C'était le tour de la comtesse à ne pouvoir répondre. Elle restait muette et dans un état d'agitation impossible à peindre ; il prit son chapeau pour sortir, et, ne pouvant s'y décider, s'assit près d'elle ; elle se détourna et étendit le bras comme pour lui faire signe de partir ; il la saisit et la serra sur son cœur. Au même instant on sonna à la porte, et Emmeline se jeta dans un cabinet.

Le pauvre garçon ne s'aperçut le lendemain qu'il allait chez madame de Marsan qu'au moment où il y arrivait. L'expérience lui faisait craindre de la trouver sévère et offensée de ce qui s'était passé. Il se trompait, il la trouva calme et indulgente, et le premier mot de la comtesse fut qu'elle l'attendait. Mais elle lui annonça fermement qu'il leur fallait cesser de se voir. « Je ne me repens pas, lui dit-elle, de la faute que j'ai commise, et je ne cherche à m'abuser sur rien. Mais quoi que je puisse vous faire souffrir et souffrir moi-même, M. de Marsan est entre nous ; je ne puis mentir, oubliez-moi. »

Gilbert fut atterré par cette franchise, dont l'accent persuasif ne permettait aucun doute. Il dédaignait les phrases vulgaires et les vaines menaces de mort qui arrivent toujours en pareil cas ; il tenta d'être aussi courageux que la comtesse, et de lui prouver du moins par là quelle estime il avait pour elle. Il lui répondit qu'il obéirait et qu'il quitterait Paris pour quelque temps ; elle lui demanda où il comptait aller, et lui promit de lui écrire. Elle voulut qu'il la connût tout entière, et lui raconta en quelques mots l'histoire de sa vie, lui peignit sa position, l'état de son cœur, et ne se fit pas plus heureuse qu'elle n'était. Elle lui rendit ses vers, et le remercia de lui avoir donné un moment de bonheur. « — Je m'y suis livrée, lui dit-elle, sans vouloir y réfléchir ; j'étais sûre que l'impossible m'arrêterait ; mais je n'ai pu résister à ce qui était possible. J'espère que vous ne verrez pas dans ma conduite une coquetterie que je n'y ai pas mise. J'aurais dû songer davantage à vous ; mais je ne vous crois pas assez d'amour pour que vous n'en guérissiez bientôt.

— Je serai assez franc, répondit Gilbert, pour vous dire que je n'en sais rien, mais je ne crois pas en guérir. Votre beauté m'a moins touché que votre esprit et votre caractère, et, si l'image d'un beau visage peut s'effacer par l'absence ou par les années, la perte d'un être tel que vous est à jamais irréparable. Sans doute, je guérirai en apparence, et il est presque certain que dans quelque temps je reprendrai mon existence habituelle ; mais ma raison même dira toujours que vous eussiez fait le bonheur de ma vie. Ces vers que vous me rendez ont été écrits comme par hasard, un instant d'ivresse les a inspirés ; mais le sentiment qu'ils expriment est en moi depuis que je vous connais, et je n'ai eu la force de le cacher que par cela même qu'il est juste et durable. Nous ne serons donc heureux ni l'un ni l'autre, et nous ferons au monde un sacrifice que rien ne pourra compenser.

— Ce n'est pas au monde que nous le ferons, dit Emmeline, mais à nous-mêmes, ou plutôt c'est à moi que vous le ferez. Le mensonge m'est insupportable, et hier soir, après votre départ, j'ai failli tout dire à M. de Marsan. Allons, ajouta-t-elle gaiement, allons, mon ami, tâchons de vivre.

Gilbert lui baisa la main respectueusement, et ils se séparèrent.

VI

À peine cette détermination fut-elle prise, qu'ils la sentirent impossible à réaliser. Ils n'eurent pas besoin de longues explications pour en convenir mutuellement. Gilbert resta deux mois sans venir chez madame de Marsan, et pendant ces deux mois ils perdirent l'un et l'autre l'appétit et le sommeil. Au bout de ce temps, Gilbert se trouva un soir tellement désolé et ennuyé, que, sans savoir ce qu'il faisait, il prit son chapeau et arriva chez la comtesse à son heure ordinaire, comme si de rien n'était. Elle ne songea pas à lui adresser un reproche de ce qu'il ne tenait pas sa parole. Dès qu'elle l'eut regardé, elle comprit ce qu'il avait souffert ; et il la vit si pâle et si changée, qu'il se repentit de n'être pas revenu plus tôt.

Ce qu'Emmeline avait dans le cœur n'était ni un caprice ni une passion ; c'était la voix de la nature même qui lui criait qu'elle avait besoin d'un nouvel amour. Elle n'avait pas fait grandes réflexions sur le caractère de Gilbert ; il lui plaisait, et il était là ; il lui disait qu'il l'aimait, et il l'aimait d'une tout autre manière que M. de Marsan ne l'avait aimée. L'esprit d'Emmeline, son intelligence, son imagination enthousiaste, toutes les nobles qualités renfermées en elle souffraient à son insu. Les larmes qu'elle croyait répandre sans raison demandaient à couler malgré elle, et la forçaient d'en chercher le motif ; tout alors le lui apprenait, ses livres, sa musique, ses fleurs, ses habitudes même et sa vie solitaire ; il fallait aimer et combattre, ou se résigner à mourir.

Ce fut avec une fierté courageuse que la comtesse de Marsan envisagea l'abîme où elle allait tomber. Lorsque Gilbert la serra de nouveau dans ses bras, elle regarda le ciel, comme pour le prendre à témoin de sa faute et de ce qu'elle allait lui coûter. Gilbert comprit ce regard mélancolique ; il mesura la grandeur de sa tâche à la noblesse du cœur de son amie. Il sentit qu'il avait entre les mains le pouvoir de lui rendre l'existence ou de la dégrader à jamais. Cette pensée lui inspira moins d'orgueil que de joie ; il se jura de se consacrer à elle, et remercia Dieu de l'amour qu'il éprouvait.

La nécessité du mensonge désolait pourtant la jeune femme ; elle n'en parla plus à son amant et garda cette peine secrète ; du reste, l'idée de résister plus ou moins longtemps, du moment qu'elle ne pouvait résister toujours, ne lui vint pas à l'esprit. Elle compta, pour ainsi dire, ses chances de souffrances et ses chances de bonheur, et mit hardiment sa vie pour enjeu. Au moment où Gilbert revint, elle se trouvait forcée de passer trois jours à la campagne. Il la conjurait de lui accorder un rendez-vous avant de partir. « Je le ferai si vous voulez, lui répondit-elle, mais je vous supplie de me laisser attendre. »

Le quatrième jour, un jeune homme entra vers minuit au Café Anglais. « — Que veut monsieur ? demanda le garçon. — Tout ce que vous avez de meilleur », répondit le jeune homme avec un air de joie qui fit retourner tout le monde. À la même heure, au fond de l'hôtel de Marsan, une persienne entr'ouverte laissait apercevoir une lueur derrière un rideau. Seule, en déshabillé de nuit, madame de Marsan était assise sur une petite chaise, dans sa chambre, les verrous tirés derrière elle : « Demain, je serai à lui. Sera-t-il à moi ? »

Emmeline ne pensait pas à comparer sa conduite à celle des autres femmes. Il n'y avait pour elle, en cet instant, ni douleurs ni remords ; tout faisait silence devant l'idée du lendemain. Oserai-je vous dire à quoi elle pensait ? Oserai-je écrire ce qui, à cette heure redoutable, inquiétait une belle et noble femme, la plus sensible et la plus honnête que je connaisse, à la veille de la seule faute qu'elle ait jamais eu à se reprocher ?

Elle pensait à sa beauté. Amour, dévouement, sincérité du cœur, constance, sympathie de goûts, crainte, dangers, repentir, tout était chassé, tout était détruit par la plus vive inquiétude sur ses charmes, sur sa beauté corporelle. La lueur que nous apercevons, c'est celle d'un flambeau qu'elle tient à la main. Sa psyché est en face d'elle, elle se retourne, écoute ; nul témoin, nul bruit ; elle a entr'ouvert le voile qui la couvre, et, comme Vénus devant le berger de la fable, elle comparaît timidement.

Pour vous parler du jour suivant, je ne puis mieux faire, madame, que de vous transcrire une lettre d'Emmeline à sa sœur, où elle peint elle-même ce qu'elle éprouvait :

« J'étais à lui. À toutes mes anxiétés avait succédé un abattement extrême. J'étais brisée, et ce malaise me plaisait. Je passai la soirée en rêverie ; je voyais des formes vagues, j'entendais des voix lointaines ; je distinguais : « Mon ange, ma vie ! » et je m'affaissais encore, plus encore. Pas une fois ma pensée ne s'est reportée sur les inquiétudes du jour précédent, durant cette demi-léthargie qui me reste en mémoire comme l'état que je choisirai en paradis. Je me couchai et dormis comme un nouveau-né. Au réveil, le matin, un souvenir confus des événements de la veille fit rapidement porter le sang au cœur. Une palpitation me fit dresser sur mon séant, et là je m'entends m'écrier à haute voix : *C'en est fait !* J'appuyai ma tête sur mes genoux, et je me précipitai au fond de mon âme. Pour la première fois, il me vint la crainte qu'il ne m'eût mal jugée. La simplicité avec laquelle j'avais cédé pouvait lui donner cette opinion. En dépit de son esprit, de son tact, je pouvais craindre une mauvaise expérience du monde. Si ce n'était pour lui qu'une fantaisie, une difficulté à vaincre ? Trop étonnée, trop émue, bouleversée par tous les sentiments qui me subjuguaient, je n'avais pas assez étudié les siens. J'avais peur, je respirais court. Eh bien ! me dis-je bravement, le jour où il me connaîtra, il aura un arriéré à payer. Tout ce sombre fut éclairé tout à coup par de doux souvenirs. Je sentais un sourire errer autour de ma bouche ; comme la veille, je revis toute sa figure, belle d'une expression que je n'ai vue nulle part, même dans les chefs-d'œuvre des grands maîtres : j'y lisais l'amour, le respect, le culte, et ce doute, cette crainte de ne pas obtenir, tant on désire vivement. Voilà pour la femme l'instant suprême, et, ainsi bercée, je m'habillai. On a grand plaisir à la toilette, quand on attend son amant. »

VII

Emmeline avait mis cinq ans à s'apercevoir que son premier choix ne pouvait la rendre heureuse ; elle en avait souffert pendant un an ; elle avait lutté six mois contre une passion naissante, deux mois contre un amour avoué ; elle avait enfin succombé, et son bonheur dura quinze jours.

Quinze jours, c'est bien court, n'est-ce pas ? J'ai commencé ce conte sans y réfléchir, et je vois qu'arrivé au moment dont la pensée m'a fait prendre la plume, je n'ai rien à en dire, sinon qu'il fut bien court. Comment tenterai-je de vous le peindre ? Vous raconterai-je ce qui est inexprimable et ce que les plus grands génies de la terre ont laissé deviner dans leurs ouvrages, faute d'une parole qui pût le rendre ? Certes, vous ne vous y attendez pas, et je ne commettrai pas ce sacrilège. Ce qui vient du cœur peut s'écrire, mais non ce qui est le cœur lui-même.

D'ailleurs, en quinze jours, si l'on est heureux, a-t-on le temps de s'en apercevoir ? Emmeline et Gilbert étaient encore étonnés de leur bonheur ; ils n'osaient y croire, et s'émerveillaient de la vive tendresse dont leur cœur était plein. « — Est-il possible, se demandaient-ils, que nos regards se soient jamais rencontrés avec indifférence, et que nos mains se soient touchées froidement ? — Quoi ! je t'ai regardé, disait Emmeline, sans que mes yeux se soient voilés de larmes ? Je t'ai écouté sans baiser tes lèvres ? Tu m'as parlé comme à tout le monde, et je t'ai répondu sans te dire que je t'aimais ? — Non, répondait Gilbert, ton regard, ta voix, te trahissaient, grand Dieu ! comme ils me pénétraient ! C'est moi que la crainte a arrêté, et qui suis cause que nous nous aimons si tard. » Alors ils se serraient la main, comme pour se dire tacitement : « Calmons-nous, il y a de quoi en mourir. »

À peine avaient-ils commencé à s'habituer de se voir en secret, et à jouir des frayeurs du mystère ; à peine Gilbert connaissait-il ce nouveau visage que prend tout d'un coup une femme en tombant dans les bras de son amant ; à peine les premiers sourires avaient-ils paru à travers les larmes d'Emmeline ; à peine s'étaient-ils jurés de s'aimer toujours ; pauvres enfants ! confiants dans leur sort, ils s'y abandonnaient sans crainte, et savouraient lentement le plaisir de reconnaître qu'ils ne s'étaient pas trompés dans leur mutuelle espérance ; ils en étaient encore à se dire : « Comme nous allons être heureux ! » quand leur bonheur s'évanouit.

Le comte de Marsan était un homme ferme, et sur les choses importantes son coup d'œil ne le trompait pas. Il avait vu sa femme triste ; il avait pensé qu'elle l'aimait moins, et il ne s'en était pas soucié. Mais il la vit préoccupée et inquiète, et il résolut de ne pas le souffrir. Dès qu'il prit la peine d'en chercher la cause, il la trouva facilement. Emmeline s'était troublée à sa première question, et à la seconde avait été sur le point de tout avouer. Il ne voulut point d'une confidence de cette nature, et, sans en parler autrement à personne, il s'en fut à l'hôtel garni qu'il habitait avant son mariage, et y retint un appartement. Comme sa femme allait se coucher, il entra chez elle en robe de chambre, et, s'étant assis en face d'elle, il lui parla à peu près ainsi :

« Vous me connaissez assez, ma chère, pour savoir que je ne suis pas jaloux. J'ai eu pour vous beaucoup d'amour, j'ai et j'aurai toujours pour vous beaucoup d'estime et d'amitié. Il est certain qu'à notre âge, et après tant d'années passées ensemble, une tolérance réciproque nous est nécessaire pour que nous puissions continuer de vivre en paix. J'use, pour ma part, de la liberté que doit avoir un homme, et je trouve bon que vous en fassiez autant. Si j'avais apporté dans cette maison autant de fortune que vous, je ne vous parlerais pas ainsi, je vous laisserais le comprendre. Mais je suis pauvre, et notre contrat de mariage m'a laissé pauvre par ma volonté. Ce qui, chez un autre, ne serait que de l'indulgence ou de la sagesse, serait pour moi de la bassesse. Quelque précaution qu'on prenne, une intrigue n'est jamais secrète ; il faut, tôt ou tard, qu'on en parle. Ce jour arrivé, vous sentez que je ne serais rangé ni dans la catégorie des maris complaisants, ni même dans celle des maris ridicules, mais qu'on ne verrait en moi qu'un misérable à qui l'argent fait tout supporter. Il n'entre pas dans mon caractère de faire un éclat qui déshonore à la fois deux familles, quel qu'en soit le résultat ; je n'ai de haine ni contre vous ni contre personne ; c'est pour cette raison même que je viens vous annoncer la résolution que j'ai prise, afin de prévenir les suites de l'étonnement qu'elle pourra causer. Je demeurerai, à partir de la semaine prochaine, dans l'hôtel garni que j'habitais quand j'ai fait la connaissance de votre mère. Je suis fâché de rester à Paris, mais je n'ai pas de quoi voyager ; il faut que je me loge, et cette maison-là me plaît. Voyez ce que vous voulez faire, et, si c'est possible, j'agirai en conséquence. »

Madame de Marsan avait écouté son mari avec un étonnement toujours croissant. Elle resta comme une statue ; elle vit qu'il était décidé, et elle n'y pouvait croire ; elle se jeta à son cou presque involontairement ; elle s'écria que rien au monde ne la ferait consentir à cette séparation. À tout ce qu'elle disait il n'opposait que le silence. Emmeline éclata en sanglots ; elle se mit à genoux et voulut confesser sa faute ; il l'arrêta, et refusa de l'entendre. Il s'efforça de l'apaiser, lui répéta qu'il n'avait contre elle aucun ressentiment ; puis il sortit malgré ses prières.

Le lendemain, ils ne se virent pas ; lorsque Emmeline demanda si le comte était chez lui, on lui répondit qu'il était parti de grand matin, et qu'il ne rentrerait pas de la journée. Elle voulut l'attendre, et s'enferma à six heures du soir dans l'appartement de M. de Marsan, mais le courage lui manqua, et elle fut obligée de retourner chez elle.

Le jour suivant, au déjeuner, le comte descendit en habit de cheval. Les domestiques commençaient à faire ses paquets, et le corridor était plein de hardes en désordre. Emmeline s'approcha de son mari en le voyant entrer, et il la baisa sur le front ; ils s'assirent en silence, on déjeunait dans la chambre à coucher de la comtesse. En face d'elle était sa psyché ; elle croyait y voir son fantôme. Ses cheveux en désordre, son visage abattu, semblaient lui reprocher sa faute. Elle demanda au comte d'une voix mal assurée s'il comptait toujours rester à l'hôtel. Il répondit qu'il s'y disposait, et que son départ était fixé pour le lundi suivant.

— N'y a-t-il aucun moyen de retarder ce départ ? demanda-t-elle d'un ton suppliant.

— Ce qui est ne peut se changer, répliqua le comte ; avez-vous réfléchi à ce que vous comptez faire ?

— Que voulez-vous que je fasse ? dit-elle.

M. de Marsan ne répondit pas.

— Que voulez-vous ? répéta-t-elle ; quel moyen puis-je avoir de vous fléchir ? quelle expiation, quel sacrifice puis-je vous offrir que vous consentiez à accepter ?

— C'est à vous de le savoir, dit le comte. Il se leva et s'en fut sans en dire plus ; mais le soir même il revint chez sa femme, et son visage était moins sévère.

Ces deux jours avaient tellement fatigué Emmeline, qu'elle était d'une pâleur effrayante. M. de Marsan ne put, en le remarquant, se défendre d'un mouvement de compassion.

— Eh bien ! ma chère, dit-il, qu'avez-vous ?

— Je pense, répondit-elle, et je vois que rien n'est possible.

— Vous l'aimez donc beaucoup ? demanda-t-il.

Malgré l'air froid qu'il affectait, Emmeline vit dans cette question un mouvement de jalousie. Elle crut que la démarche de son mari pouvait bien n'être qu'une tentative de se rapprocher d'elle, et cette idée lui fut pénible. « Tous les hommes sont ainsi, pensa-t-elle ; ils méprisent ce qu'ils possèdent, et reviennent avec ardeur à ce qu'ils ont perdu par leur faute. » Elle voulut savoir jusqu'à quel point elle devinait juste, et répondit d'un ton hautain :

— Oui, monsieur, je l'aime, et là-dessus, du moins, je ne mentirai pas.

— Je conçois cela, reprit M. de Marsan, et j'aurais mauvaise grâce à vouloir lutter ici contre personne ; je n'en ai ni le moyen ni l'envie.

Emmeline vit qu'elle s'était trompée ; elle voulait parler et ne trouvait rien. Que répondre, en effet, à la façon d'agir du comte ? Il avait deviné clairement ce qui s'était passé, et le parti qu'il avait pris était juste sans être cruel. Elle commençait une phrase, et ne pouvait l'achever ; elle pleurait. M. de Marsan lui dit avec douceur :

— Calmez-vous ; songez que vous avez commis une faute, mais que vous avez un ami qui la sait, et qui vous aidera à la réparer.

— Que ferait donc cet ami, dit Emmeline, s'il était aussi riche que moi, puisque cette misérable question de fortune le décide à me quitter ? Que feriez-vous, si notre contrat n'existait pas ?

Emmeline se leva, alla à son secrétaire, en tira son contrat de mariage, et le brûla à la bougie qui était sur la table. Le comte la regarda faire jusqu'au bout.

— Je vous comprends, lui dit-il enfin ; et, bien que ce que vous venez de faire soit une action sans conséquence, puisque le double est chez le notaire, cette action vous honore, et je vous en remercie. Mais songez donc, ajouta-t-il en embrassant Emmeline, songez donc que, s'il ne s'agissait ici que d'une formalité à annuler, je n'aurais fait qu'abuser de mes avantages. Vous pouvez d'un trait de plume me rendre aussi riche que vous, je le sais, mais je n'y consentirai pas, et aujourd'hui moins que jamais.

— Orgueilleux que vous êtes, s'écria Emmeline désespérée, et pourquoi refuseriez-vous ?

M. de Marsan lui tenait la main ; il la serra légèrement et répondit :

— Parce que vous l'aimez.

VIII

Par une de ces belles matinées d'automne où le soleil brille de tout son éclat et semble dire adieu à la verdure mourante, Gilbert était accoudé à une petite fenêtre au second étage, dans une rue écartée derrière les Champs-Élysées. Tout en fredonnant un air de la *Norma*, il regardait attentivement chaque voiture qui passait sur la chaussée. Quand la voiture arrivait au coin de la rue, la chanson s'arrêtait ; mais la voiture continuait sa route, et il fallait en attendre une autre. Il en passa beaucoup ce jour-là, mais le jeune homme inquiet ne vit dans aucune un petit chapeau de paille d'Italie et une mantille noire. Une heure sonna, puis deux ; il était trop tard ; après avoir regardé vingt fois à sa montre, avoir fait autant de tours de chambre, et s'être désolé et rassuré plus souvent encore alternativement, Gilbert descendit enfin, et erra quelque temps dans les allées. En rentrant chez lui, il demanda à son portier s'il n'y avait point de lettres, et la réponse fut négative. Un pressentiment de sinistre augure l'agita toute la journée. Vers dix heures du soir il montait, non sans crainte, le grand escalier de l'hôtel de Marsan ; la lampe n'était pas allumée, cela le surprit et l'inquiéta ; il sonna, personne ne venait ; il toucha la porte qui s'ouvrit, et s'arrêta dans la salle à manger ; une femme de chambre vint à sa rencontre, il lui demanda s'il pouvait entrer. « Je vais le demander », répondit-elle. Comme elle entrait dans le salon, Gilbert entendit entre les deux portes une voix tremblante qu'il reconnut et qui disait tout bas : « Dites que je n'y suis pas. »

Il m'a dit lui-même que ce peu de mots prononcés dans les ténèbres, au moment où il s'y attendait le moins, lui avaient fait plus de mal qu'un coup d'épée. Il sortit dans un étonnement inexprimable. « Elle était là, se dit-il, elle m'a vu sans doute. Qu'arrive-t-il ? ne pouvait-elle me dire un mot, ou du moins m'écrire ? » Huit jours se passèrent sans lettres, et sans qu'il pût voir la comtesse. Enfin il reçut la lettre suivante :

« Adieu ! il faut que vous vous souveniez de votre projet de voyage et que vous me teniez parole. Ah ! je fais un grand sacrifice en ce moment. Quelques mots profondément sentis, et que vous m'avez dits au sujet d'un parti funeste que je voulais prendre, m'arrêtent seuls. Je vivrai. Mais il ne faut pas entièrement arracher une pensée qui seule peut me donner une apparence de tranquillité. Permettez, mon ami, que je la place seulement à distance, avec des conditions ; si, par exemple, une entière indifférence pour moi prenait place dans votre cœur ; — si, une fois de retour, et le cœur raffermi, vous ne me veniez plus voir ; — si jamais mon image, mon amour ne venait plus... il est impossible de continuer l'affreuse vie que je mène. Le plus malheureux est celui qui reste ; il faut donc que ce soit vous qui partiez. Vos affaires vous le permettent-elles ? Ou voulez-vous que j'aille je ne sais où ? Répondez-moi, ce sera vous qui aurez de la force ; je n'en ai pas du tout ; ayez pitié de moi. Dites, que sais-je ? que vous guérirez ; mais ce n'est pas vrai ! N'importe, dites toujours. Évitez de me voir avant le voyage ; il faut de la force, et je ne sais où en prendre. Je n'ai cessé de pleurer et de vous écrire depuis huit jours. Je jette tout au feu. Vous trouverez cette lettre-ci encore bien incohérente. M. de Marsan sait tout : mentir m'a été impossible ; d'ailleurs, il le savait. Cependant cette lettre est loin d'exprimer ce qu'il y a de contradictoire entre mon cœur et ma raison. Allez dans le monde ces jours-ci, que votre départ n'ait pas l'air d'un coup de tête. De sitôt je ne pourrai sortir ni recevoir. La voix me manque à tout moment.

Vous m'écrirez, n'est-ce pas ? il est impossible que vous partiez sans m'écrire quelques lignes. Voyager !... C'est vous qui allez voyager ! »

Le malheur de Gilbert lui parut un rêve ; il pensait à aller chez M. de Marsan et à lui chercher querelle. Il tomba à terre au milieu de sa chambre, et versa les larmes les plus amères. Enfin il résolut de voir la comtesse à tout prix, et d'avoir l'explication de cet événement, qui lui était annoncé d'une manière si peu intelligible. Il courut à l'hôtel de Marsan, et, sans parler à aucun domestique, il pénétra jusqu'au salon. Là, il s'arrêta à la pensée de compromettre celle qu'il aimait et de la perdre peut-être par sa faute. Entendant quelqu'un approcher, il se jeta derrière un rideau : c'était le comte qui entrait. Demeuré seul, Gilbert avança, et, entr'ouvrant la porte d'un cabinet vitré, il vit Emmeline couchée et son mari près d'elle. Au pied du lit était un linge couvert de sang, et le médecin s'essuyait les mains. Ce spectacle lui fit horreur ; il frémit de l'idée d'ajouter, par son imprudence, aux maux de sa maîtresse, et, marchant sur la pointe du pied, il sortit de l'hôtel sans être remarqué.

Il sut bientôt que la comtesse avait été en danger de mort ; une nouvelle lettre lui apprit en détail ce qui s'était passé. « Renoncer à nous revoir, disait Emmeline, est impossible, il n'y faut pas songer ; et cette idée qui vous désole ne me cause aucune peine, car je ne puis l'admettre un instant. Mais nous séparer pour six mois, pour un an, voilà ce qui me fait sangloter et me déchire l'âme, car c'est là tout ce qui est possible. » Elle ajoutait que, si, avant son départ, il éprouvait un désir trop vif de la voir encore une fois, elle y consentirait. Il refusa cette entrevue ; il avait besoin de toute sa force ; et, bien que convaincu de la nécessité de s'éloigner, il ne pouvait prendre aucun parti. Vivre sans Emmeline lui semblait un mot vide de sens et, pour ainsi dire, un mensonge. Il se jura cependant d'obéir à tout prix et de sacrifier son existence, s'il le fallait, au repos de madame de Marsan. Il mit ses affaires en ordre, dit adieu à ses amis, annonça à tout le monde qu'il allait en Italie. Puis, quand tout fut prêt et qu'il eut son passeport, il resta enfermé chez lui, se promettant, chaque soir, de partir le lendemain, et passant la journée à pleurer.

Emmeline, de son côté, n'était guère plus courageuse, comme vous pouvez penser. Dès qu'elle put supporter la voiture, elle alla au Moulin de May. M. de Marsan ne la quittait pas ; il eut pour elle, pendant sa maladie, l'amitié d'un frère et les soins d'une mère. Je n'ai pas besoin de dire qu'il avait pardonné, et que la vue des souffrances de sa femme l'avait fait renoncer à ses projets de séparation. Il ne parla plus de Gilbert, et je ne crois pas que, depuis cette époque, il ait prononcé ce nom étant seul avec la comtesse. Il apprit le voyage annoncé, et n'en parut ni joyeux ni triste. On devinait aisément à sa conduite qu'il se reconnaissait, au fond du cœur, coupable d'avoir négligé sa femme, et d'avoir si peu fait pour son bonheur ; lorsque, appuyée à son bras, Emmeline se promenait lentement avec lui dans la longue *allée des Soupirs*, il paraissait presque aussi triste qu'elle ; et Emmeline lui sut gré de ce qu'il ne tenta jamais de rappeler l'ancien amour, ni de combattre l'amour nouveau.

Elle brûla les lettres de Gilbert, et, dans ce sacrifice douloureux, ne respecta qu'une seule ligne écrite de la main de son amant : « *Pour vous, tout au monde.* » En relisant ces mots, elle ne put se résoudre à les anéantir ; c'était l'adieu du pauvre garçon. Elle coupa cette ligne avec ses ciseaux, et la porta longtemps sur son cœur. « S'il faut jamais me séparer de ces mots-là, écrivait-elle à Gilbert, je les avalerai. Maintenant ma vie n'est plus qu'une pincée de cendre, et je ne pourrai de longtemps regarder ma cheminée sans pleurer. »

Était-elle sincère ?, demanderez-vous peut-être. Ne fit-elle aucune tentative pour revoir son amant ? Ne se repentait-elle pas de son sacrifice ? N'essaya-t-elle jamais de revenir sur sa résolution ? Oui, madame, elle l'essaya ; je ne veux la faire ni meilleure ni plus brave qu'elle ne l'a été. Oui, elle essaya de mentir, de tromper son mari ; en dépit de ses serments, de ses promesses, de ses douleurs et de ses remords, elle revit Gilbert et, après avoir passé deux heures avec lui dans un délire de joie et d'amour, elle sentit, en rentrant chez elle, qu'elle ne pouvait ni tromper ni mentir ; je vous dirai plus, Gilbert le sentit lui-même, et ne lui demanda pas de revenir.

Cependant il ne partait pas encore, et ne parlait plus de voyage. Au bout de quelques jours, il voulait déjà se persuader qu'il était plus calme, et qu'il n'y avait aucun danger à rester. Il tâchait, dans ses lettres, de faire consentir Emmeline à ce qu'il passât l'hiver à Paris. Elle hésitait ; et tout en renonçant à l'amour, elle commençait à parler d'amitié. Ils cherchaient tous deux mille motifs de prolonger leur souffrance, ou du moins de se voir souffrir. Qu'allait-il arriver ? Je ne sais.

IX

Je crois vous avoir dit, madame, qu'Emmeline avait une sœur. C'était une belle et grande jeune fille, et de plus un excellent cœur. Soit par une timidité excessive, soit par une autre cause, elle n'avait jamais parlé à Gilbert qu'avec une extrême réserve, et presque avec répugnance, lorsqu'elle avait eu occasion de le rencontrer. Gilbert avait des manières d'étourdi et des façons de dire qui, bien que simples et naturelles, devaient blesser une modestie et une pudeur parfaites. La franchise même du jeune homme et son caractère exalté avaient peu de chances de rencontrer de la sympathie chez la sévère Sarah (c'était le nom de la sœur d'Emmeline). Aussi quelques mots de politesse échangés au hasard, quelques compliments lorsque Sarah chantait, une contredanse de temps en temps, c'était là toute la connaissance qu'ils avaient faite, et leur amitié n'allait pas plus loin.

Au milieu de ces dernières circonstances, Gilbert reçut une invitation de bal d'une amie de madame de Marsan, et il crut devoir y aller, pour se conformer au désir de sa maîtresse. Sarah était à cette soirée. Il fut s'asseoir à côté d'elle. Il savait quelle tendre affection unissait la comtesse à sa sœur, et c'était pour lui une occasion de parler de ce qu'il aimait à quelqu'un qui le comprenait. La maladie récente servit de prétexte ; s'informer de la santé d'Emmeline, c'était s'informer de son amour. Contre sa coutume, Sarah répondit avec confiance et avec douceur ; et l'orchestre ayant donné, au milieu de leur entretien, le signal d'une contredanse, elle dit qu'elle était lasse, et refusa son danseur qui venait la chercher.

Le bruit des instruments et le tumulte du bal leur donnant plus de liberté, la jeune fille commença à laisser comprendre à Gilbert qu'elle savait la cause du mal d'Emmeline. Elle parla des souffrances de sa sœur, et raconta ce qu'elle en avait vu. Pendant ce récit, Gilbert baissait la tête ; quand il la releva, une larme coulait sur sa joue. Sarah devint tout à coup tremblante, ses beaux yeux bleus se troublèrent. « Vous l'aimez plus que je ne croyais », lui dit-elle. De ce moment elle devint tout autre qu'elle ne s'était jamais montrée à lui ; elle lui avoua que depuis longtemps elle s'était aperçue de ce qui se passait, et que la froideur qu'elle lui avait témoignée venait de ce qu'elle n'avait cru voir en lui que la légèreté d'un homme du monde, qui fait la cour à toutes les femmes sans se soucier du mal qui en résulte. Elle parla en sœur et en amie, avec chaleur et avec franchise. L'accent de vérité qu'elle employa pour montrer à Gilbert la nécessité absolue de rendre le repos à la comtesse le frappa plus que tout le reste ne l'avait pu faire, et en un quart d'heure il vit clair dans sa destinée.

On se préparait à danser le cotillon. « Asseyons-nous dans le cercle, dit Gilbert ; nous

nous dispenserons de figurer, et nous pourrons causer sans qu'on nous remarque. » Elle y consentit ; ils prirent place, et continuèrent à parler d'Emmeline. Cependant de temps en temps un valseur forçait Sarah de prendre part à la figure, et il fallait se lever pour tenir le bout d'une écharpe ou le bouquet et l'éventail. Gilbert restait alors sur sa chaise, perdu dans ses pensées, regardant sa belle partner sauter et sourire, les yeux encore humides. Elle revenait, et ils reprenaient leur triste entretien. Ce fut au bruit de ces valses allemandes qui avaient bercé les premiers jours de son amour, que Gilbert jura de partir et de l'oublier.

Lorsque l'heure de se retirer fut venue, ils se levèrent tous deux avec une sorte de solennité. « J'ai votre parole, dit la jeune fille, je compte sur vous pour sauver ma sœur ; et si vous partez, ajouta-t-elle en lui prenant la main sans songer qu'on pût l'observer, si vous partez, nous serons quelquefois deux à penser au pauvre voyageur. »

Ils se quittèrent sur cette parole, et Gilbert partit le lendemain.

CROISILLES

I

Au commencement du règne de Louis XV, un jeune homme nommé Croisilles, fils d'un orfèvre, revenait de Paris au Havre, sa ville natale. Il avait été chargé par son père d'une affaire de commerce, et cette affaire s'était terminée à son gré. La joie d'apporter une bonne nouvelle le faisait marcher plus gaiement et plus lestement que de coutume ; car, bien qu'il eût dans ses poches une somme d'argent assez considérable, il voyageait à pied pour son plaisir. C'était un garçon de bonne humeur, et qui ne manquait pas d'esprit, mais tellement distrait et étourdi, qu'on le regardait comme un peu fou. Son gilet boutonné de travers, sa perruque au vent, son chapeau sous le bras, il suivait les rives de la Seine, tantôt rêvant, tantôt chantant, levé dès le matin, soupant au cabaret, et charmé de traverser ainsi l'une des plus belles contrées de la France. Tout en dévastant, au passage, les pommiers de la Normandie, il cherchait des rimes dans sa tête (car tout étourdi est un peu poète), et il essayait de faire un madrigal pour une belle demoiselle de son pays ; ce n'était pas moins que la fille d'un fermier général, mademoiselle Godeau, la perle du Havre, riche héritière fort courtisée. Croisilles n'était pas reçu chez M. Godeau autrement que par hasard, c'est-à-dire qu'il y avait porté quelquefois des bijoux achetés chez son père. M. Godeau, dont le nom, tant soit peu commun, soutenait mal une immense fortune se vengeait par sa morgue du tort de sa naissance, et se montrait, en toute occasion, énormément et impitoyablement riche. Il n'était donc pas homme à laisser entrer dans son salon le fils d'un orfèvre ; mais, comme mademoiselle Godeau avait les plus beaux yeux du monde, que Croisilles n'était pas mal tourné, et que rien n'empêche un joli garçon de devenir amoureux d'une belle fille, Croisilles adorait mademoiselle Godeau, qui n'en paraissait pas fâchée. Il pensait donc à elle, tout en regagnant le Havre, et comme il n'avait jamais réfléchi à rien, au lieu de songer aux obstacles invincibles qui le séparaient de sa bien-aimée, il ne s'occupait que de trouver une rime au nom de baptême qu'elle portait. Mademoiselle Godeau s'appelait Julie, et la rime était aisée à trouver. Croisilles, arrivé à Honfleur, s'embarqua le cœur satisfait, son argent et son madrigal en poche, et, dès qu'il eut touché le rivage, il courut à la maison paternelle.

Il trouva la boutique fermée ; il y frappa à plusieurs reprises, non sans étonnement ni sans crainte, car ce n'était point un jour de fête ; personne ne venait. Il appela son père, mais en vain. Il entra chez un voisin pour demander ce qui était arrivé ; au lieu de lui répondre, le voisin détourna la tête, comme ne voulant plus le reconnaître. Croisilles répéta ses questions ; il apprit que son père, depuis longtemps gêné dans ses affaires, venait de faire faillite, et s'était enfui en Amérique, abandonnant à ses créanciers tout ce qu'il possédait.

Avant de sentir tout son malheur, Croisilles fut d'abord frappé de l'idée qu'il ne reverrait peut-être jamais son père. Il lui paraissait impossible de se trouver ainsi abandonné tout à coup ; il voulut à toute force entrer dans la boutique, mais on lui fit entendre que les scellés étaient mis ; il s'assit sur une borne, et, se livrant à sa douleur, il se mit à pleurer à chaudes larmes, sourd aux consolations de ceux qui l'entouraient, ne pouvant cesser d'appeler son père, quoiqu'il le sût déjà bien loin ; enfin il se leva, honteux de voir la foule s'attrouper autour de lui, et, dans le plus profond désespoir, il se dirigea vers le port.

Arrivé sur la jetée, il marcha devant lui comme un homme égaré qui ne sait où il va ni que devenir. Il se voyait perdu sans ressources, n'ayant plus d'asile, aucun moyen de salut, et, bien entendu, plus d'amis. Seul, errant au bord de la mer, il fut tenté de mourir en s'y précipitant. Au moment où, cédant à cette pensée, il s'avançait vers un rempart élevé, un vieux domestique nommé Jean, qui servait sa famille depuis nombre d'années, s'approcha de lui.

— Ah ! mon pauvre Jean ! s'écria-t-il, tu sais ce qui s'est passé depuis mon départ. Est-il possible que mon père nous quitte sans avertissement, sans adieu ?

— Il est parti, répondit Jean, mais non pas sans vous dire adieu.

En même temps il tira de sa poche une lettre qu'il donna à son jeune maître. Croisilles reconnut l'écriture de son père, et, avant d'ouvrir la lettre, il la baisa avec transport ; mais elle ne renfermait que quelques mots. Au lieu de sentir sa peine adoucie, le jeune homme la trouva confirmée. Honnête jusque-là et connu pour tel, ruiné par un malheur imprévu (la banqueroute d'un associé), le vieil orfèvre n'avait laissé à son fils que quelques paroles banales de consolation, et nul espoir, sinon cet espoir vague, sans but ni raison, le dernier bien, dit-on, qui se perde.

— Jean, mon ami, tu m'as bercé, dit Croisilles après avoir lu la lettre, et tu es certainement aujourd'hui le seul être qui puisse m'aimer un peu ; c'est une chose qui m'est bien douce, mais qui est fâcheuse pour toi ; car, aussi vrai que mon père s'est embarqué là, je vais me jeter dans cette mer qui le porte, non pas devant toi ni tout de suite, mais un jour ou l'autre, car je suis perdu.

— Que voulez-vous y faire ? répliqua Jean, n'ayant point l'air d'avoir entendu, mais retenant Croisilles par le pan de son habit ; que voulez-vous y faire, mon cher maître ? Votre père a été trompé ; il attendait de l'argent qui n'est pas venu, et ce n'était pas peu de chose. Pouvait-il rester ici ? Je l'ai vu, monsieur, gagner sa fortune depuis trente ans que je le sers ; je l'ai vu travailler, faire son commerce, et les écus arriver un à un chez vous. C'était un honnête homme, et habile ; on a cruellement abusé de lui. Ces jours derniers, j'étais encore là, et comme les écus étaient arrivés, je les ai vus partir du logis. Votre père a payé tout ce qu'il a pu pendant une journée entière ; et, lorsque son secrétaire a été vide, il n'a pu s'empêcher de me dire, en me montrant un tiroir où il ne restait que six francs : « Il y avait ici cent mille francs ce matin ! » Ce n'est pas là une banqueroute, monsieur, ce n'est pas là une chose qui déshonore !

— Je ne doute pas plus de la probité de mon père, répondit Croisilles, que de son malheur. Je ne doute pas non plus de son affection ; mais j'aurais voulu l'embrasser, car que veux-tu que je devienne ? Je ne suis point fait à la misère, je n'ai pas l'esprit nécessaire pour recommencer ma fortune. Et quand je l'aurais, mon père est parti. S'il a mis trente ans à s'enrichir, combien m'en faudra-t-il pour réparer ce coup ? Bien davantage. Et vivra-t-il alors ? Non, sans doute ; il mourra là-bas, et je ne puis pas même l'y aller trouver ; je ne puis le rejoindre qu'en mourant aussi.

Tout désolé qu'était Croisilles, il avait beaucoup de religion. Quoique son désespoir lui fît désirer la mort, il hésitait à se la donner. Dès les premiers mots de cet entretien, il s'était appuyé sur le bras de Jean, et tous deux retournaient vers la ville. Lorsqu'ils furent entrés dans les rues, et lorsque la mer ne fut plus si proche :
— Mais, monsieur, dit encore Jean, il me semble qu'un homme de bien a le droit de vivre, et qu'un malheur ne prouve rien. Puisque votre père ne s'est pas tué, Dieu merci, comment pouvez-vous songer à mourir ? Puisqu'il n'y a point de déshonneur, et toute la ville le sait, que penserait-on de vous ? Que vous n'avez pu supporter la pauvreté. Ce ne serait ni brave, ni chrétien ; car, au fond, qu'est-ce qui vous effraye ? Il y a des gens qui naissent pauvres, et

qui n'ont jamais eu ni père ni mère. Je sais bien que tout le monde ne se ressemble pas, mais enfin il n'y a rien d'impossible à Dieu. Qu'est-ce que vous feriez en pareil cas ? Votre père n'était pas né riche, tant s'en faut, sans vous offenser, et c'est peut-être ce qui le console. Si vous aviez été ici depuis un mois, cela vous aurait donné du courage. Oui, monsieur, on peut se ruiner, personne n'est à l'abri d'une banqueroute ; mais votre père, j'ose le dire, a été un homme, quoiqu'il soit parti un peu vite. Mais que voulez-vous ? on ne trouve pas tous les jours un bâtiment pour l'Amérique. Je l'ai accompagné jusque sur le port, et si vous aviez vu sa tristesse ! Comme il m'a recommandé d'avoir soin de vous, de lui donner de vos nouvelles !... Monsieur, c'est une vilaine idée que vous avez de jeter le manche après la cognée. Chacun a son temps d'épreuve ici-bas, et j'ai été soldat avant d'être domestique. J'ai rudement souffert, mais j'étais jeune ; j'avais votre âge, monsieur, à cette époque-là, et il me semblait que la Providence ne peut pas dire son dernier mot à un homme de vingt-cinq ans. Pourquoi voulez-vous empêcher le bon Dieu de réparer le mal qu'il vous fait ? Laissez-lui le temps, et tout s'arrangera. S'il m'était permis de vous conseiller, vous attendriez seulement deux ou trois ans, et je gagerais que vous vous en trouveriez bien. Il y a toujours moyen de s'en aller de ce monde. Pourquoi voulez-vous profiter d'un mauvais moment ?

Pendant que Jean s'évertuait à persuader son maître, celui-ci marchait en silence, et, comme font souvent ceux qui souffrent, il regardait de côté et d'autre, comme pour chercher quelque chose qui pût le rattacher à la vie. Le hasard fit que, sur ces entrefaites, mademoiselle Godeau, la fille du fermier général, vint à passer avec sa gouvernante. L'hôtel qu'elle habitait n'était pas éloigné de là ; Croisilles la vit entrer chez elle. Cette rencontre produisit sur lui plus d'effet que tous les raisonnements du monde. J'ai dit qu'il était un peu fou, et qu'il cédait presque toujours à un premier mouvement. Sans hésiter plus longtemps et sans s'expliquer, il quitta le bras de son vieux domestique, et alla frapper à la porte de M. Godeau.

II

Quand on se représente aujourd'hui ce qu'on appelait jadis un financier, on imagine un ventre énorme, de courtes jambes, une immense perruque, une large face à triple menton, et ce n'est pas sans raison qu'on s'est habitué à se figurer ainsi ce personnage. Tout le monde sait à quels abus ont donné lieu les fermes royales, et il semble qu'il y ait une loi de nature qui rende plus gras que le reste des hommes ceux qui s'engraissent non seulement de leur oisiveté, mais encore du travail des autres. M. Godeau, parmi les financiers, était des plus classiques qu'on pût voir, c'est-à-dire des plus gros ; pour l'instant il avait la goutte, chose fort à la mode en ce temps-là, comme l'est à présent la migraine. Couché sur une chaise longue, les yeux à demi fermés, il se dorlotait au fond d'un boudoir. Les panneaux de glaces qui l'environnaient répétaient majestueusement de toutes parts son énorme personne ; des sacs pleins d'or couvraient sa table ; autour de lui, les meubles, les lambris, les portes, les serrures, la cheminée, le plafond, étaient dorés ; son habit l'était ; je ne sais si sa cervelle ne l'était pas aussi. Il calculait les suites d'une petite affaire qui ne pouvait manquer de lui rapporter quelques milliers de louis ; il daignait en sourire tout seul, lorsqu'on lui annonça Croisilles, qui entra d'un air humble, mais résolu, et dans tout le désordre qu'on peut supposer d'un homme qui a grande envie de se noyer. M. Godeau fut un peu surpris de cette visite inattendue ; il crut que sa fille avait fait quelque emplette ; il fut confirmé dans cette pensée en la voyant paraître presque en même temps que le jeune homme. Il fit signe à Croisilles, non pas de s'asseoir, mais de parler. La demoiselle prit place sur un sofa, et Croisilles, resté debout, s'exprima à peu près en ces termes :

— Monsieur, mon père vient de faire faillite. La banqueroute d'un associé l'a forcé à suspendre ses paiements, et, ne pouvant assister à sa propre honte, il s'est enfui en Amérique, après avoir donné à ses créanciers jusqu'à son dernier sou. J'étais absent lorsque cela s'est passé ; j'arrive, et il y a deux heures que je sais cet événement. Je suis absolument sans ressources et déterminé à mourir. Il est très probable qu'en sortant de chez vous, je vais me jeter à l'eau. Je l'aurais déjà fait selon toute apparence, si le hasard ne m'avait fait rencontrer mademoiselle votre fille tout à l'heure. Je l'aime, monsieur, du plus profond de mon cœur ; il y a deux ans que je suis amoureux d'elle, et je me suis tu jusqu'ici à cause du respect que je lui dois ; mais aujourd'hui, en vous le déclarant, je remplis un devoir indispensable, et je croirais offenser Dieu, si, avant de me donner la mort, je ne venais pas vous demander si vous voulez que j'épouse mademoiselle Julie. Je n'ai pas la moindre espérance que vous m'accordiez cette demande, mais je dois néanmoins vous la faire, car je suis bon chrétien, monsieur, et, lorsqu'un bon chrétien se voit arrivé à un tel degré de malheur qu'il ne lui soit plus possible de souffrir la vie, il doit du moins, pour atténuer son crime, épuiser toutes les chances qui lui restent avant de prendre un dernier parti.

Au commencement de ce discours, M. Godeau avait supposé qu'on venait lui emprunter de l'argent, et il avait jeté prudemment son mouchoir sur les sacs placés auprès de lui, préparant d'avance un refus poli, car il avait toujours eu de la bienveillance pour le père de Croisilles. Mais, quand il eut écouté jusqu'au bout, et qu'il eut compris de quoi il s'agissait, il ne douta pas que le pauvre garçon ne fût devenu complètement fou. Il eut d'abord quelque envie de sonner et de le faire mettre à la porte ; mais il lui trouva une apparence si ferme, un visage si déterminé, qu'il eut pitié d'une démence si tranquille. Il se contenta de dire à sa fille de se retirer, afin de ne pas s'exposer plus longtemps à entendre de pareilles inconvenances.

Pendant que Croisilles avait parlé, mademoiselle Godeau était devenue rouge comme une pêche au mois d'août. Sur l'ordre de son père, elle se retira. Le jeune homme lui fit un profond salut dont elle ne sembla pas s'apercevoir. Demeuré seul avec Croisilles, M. Godeau toussa, se souleva, se laissa retomber sur ses coussins, et, s'efforçant de prendre un air paternel :

— Mon garçon, dit-il, je veux bien croire que tu ne te moques pas de moi et que tu as réellement perdu la tête. Non seulement j'excuse ta démarche, mais je consens à ne point t'en punir. Je suis fâché que ton pauvre diable de père ait fait banqueroute et qu'il ait décampé ; c'est fort triste, et je comprends assez que cela t'ait tourné la cervelle. Je veux faire quelque chose pour toi ; prends un pliant et assieds-toi là.

— C'est inutile, monsieur, répondit Croisilles ; du moment que vous me refusez, je n'ai plus qu'à prendre congé de vous. Je vous souhaite toutes sortes de prospérités.

— Et où t'en vas-tu ?

— Écrire à mon père et lui dire adieu.

— Eh ! que diantre ! on jurerait que tu dis vrai : tu vas te noyer, ou le diable m'emporte !

— Oui, monsieur ; du moins je le crois, si le courage ne m'abandonne pas.

— La belle avance ! fi donc ! quelle niaiserie ! Assieds-toi, te dis-je, et écoute-moi.

M. Godeau venait de faire une réflexion fort juste, c'est qu'il n'est jamais agréable qu'on dise qu'un homme, quel qu'il soit, s'est jeté à l'eau en nous quittant. Il toussa donc de nouveau, prit sa tabatière, jeta un regard distrait sur son jabot, et continua :

— Tu n'es qu'un sot, un fou, un enfant, c'est clair ; tu ne sais ce que tu dis. Tu es ruiné, voilà ton affaire. Mais, mon cher ami, tout cela ne suffit pas ; il faut réfléchir aux choses de ce monde. Si tu venais me demander... je ne sais quoi, un bon conseil, eh bien ! passe ; mais qu'est-ce que tu veux ? Tu es amoureux de ma fille ?

— Oui, monsieur, et je vous répète que je suis bien éloigné de supposer que vous puissiez me la donner pour femme ; mais, comme il n'y a que cela au monde qui pourrait m'empêcher de mourir, si vous croyez en Dieu comme je n'en doute pas, vous comprendrez la raison qui m'amène.

— Que je croie en Dieu ou non, cela ne te regarde pas, je n'entends pas qu'on m'interroge ; réponds d'abord où as-tu vu ma fille ?

— Dans la boutique de mon père et dans cette maison lorsque j'y ai apporté des bijoux pour mademoiselle Julie.

— Qui est-ce qui t'a dit qu'elle s'appelle Julie ? On ne s'y reconnaît plus, Dieu me pardonne. Mais qu'elle s'appelle Julie ou Javotte, sais-tu ce qu'il faut, avant tout, pour oser prétendre à la main de la fille d'un fermier général ?

— Non, je l'ignore absolument, à moins que ce ne soit d'être aussi riche qu'elle.

— Il faut autre chose, mon cher, il faut un nom.

— Eh bien ! je m'appelle Croisilles.

— Tu t'appelles Croisilles, malheureux ! Est-ce un nom que Croisilles ?

— Ma foi, monsieur, en mon âme et conscience, c'est un aussi beau nom que Godeau.

— Tu es un impertinent et tu me le payeras.

— Eh ! mon Dieu, monsieur, ne vous fâchez pas : je n'ai pas la moindre envie de vous offenser. Si vous voyez là quelque chose qui vous blesse, et si vous voulez m'en punir, vous n'avez que faire de vous mettre colère ; en sortant d'ici, je vais me noyer.

Bien que M. Godeau se fût promis de renvoyer Croisilles le plus doucement possible, afin d'éviter tout scandale, sa prudence ne pouvait résister à l'impatience de l'orgueil offensé ; l'entretien auquel il essayait de se résigner lui paraissait monstrueux en lui-même ; je laisse à penser ce qu'il éprouvait en s'entendant parler de sorte.

— Écoute, dit-il presque hors de lui et résolu à finir à tout prix, tu n'es pas tellement fou que tu ne puisses comprendre un mot de sens commun. Es-tu riche ?... non. Es-tu noble ?... encore moins. Qu'est-ce que c'est que la frénésie qui t'amène ? Tu viens me tracasser, tu crois faire un coup de tête ; tu sais parfaitement bien que c'est inutile ; tu veux me rendre responsable de ta mort ? As-tu à te plaindre de moi ? dois-je un sou à ton père ? est-ce ma faute si tu en es là ? Eh ! mordieu, on se noie et on se tait.

— C'est ce que je vais faire de ce pas ; je suis votre très humble serviteur.

— Un moment ! il ne sera pas dit que tu auras eu en vain recours à moi. Tiens, mon garçon, voilà quatre louis d'or, va-t'en dîner à la cuisine, et que je n'entende plus parler de toi.

— Bien obligé, je n'ai pas faim, et je n'ai que faire de votre argent !

Croisilles sortit de la chambre, et le financier, ayant mis sa conscience en repos par l'offre qu'il venait de faire, se renfonça de plus belle dans sa chaise et reprit ses méditations.

Mademoiselle Godeau, pendant ce temps-là, n'était pas aussi loin qu'on pouvait le croire ; elle s'était, il est vrai, retirée par obéissance pour son père ; mais, au lieu de regagner sa chambre, elle était restée à écouter derrière la porte. Si l'extravagance de Croisilles lui paraissait inconcevable, elle n'y voyait du moins rien d'offensant ; car l'amour, depuis que le monde existe, n'a jamais passé pour offense ; d'un autre côté, comme il n'était pas possible de douter du désespoir du jeune homme, mademoiselle Godeau se trouvait prise à la fois par deux sentiments les plus dangereux aux femmes, la compassion et la curiosité. Lorsqu'elle vit l'entretien terminé et Croisilles près de sortir, elle traversa rapidement le salon où elle se trouvait, ne voulant pas être surprise aux aguets, et elle se dirigea vers son appartement ; mais presque aussitôt elle revint sur ses pas. L'idée que Croisilles allait peut-être réellement se donner la mort lui troubla le cœur malgré elle. Sans se rendre compte de ce qu'elle faisait, elle marcha à sa rencontre ; le salon était vaste, et les deux jeunes gens vinrent lentement au-devant l'un de l'autre. Croisilles était pâle comme la mort, et mademoiselle Godeau cherchait vainement quelque parole qui pût exprimer ce qu'elle sentait. En passant à côté de lui, elle laissa tomber à terre un bouquet de violettes qu'elle tenait à la main. Il se baissa aussitôt, ramassa le bouquet et le présenta à la jeune fille pour le lui rendre ; mais, au lieu de le reprendre, elle continua sa route sans prononcer un mot, et entra dans le cabinet de son père. Croisilles, resté seul, mit le bouquet dans son sein, et sortit de la maison le cœur agité, ne sachant trop que penser de cette aventure.

III

À peine avait-il fait quelques pas dans la rue, qu'il vit accourir son fidèle Jean, dont le visage exprimait la joie.

— Qu'est-il arrivé ? lui demanda-t-il ; as-tu quelque nouvelle à m'apprendre ?

— Monsieur, répondit Jean, j'ai à vous apprendre que les scellés sont levés, et que vous pouvez rentrer chez vous. Toutes les dettes de votre père payées, vous restez propriétaire de la maison. Il est bien vrai qu'on a emporté tout ce qu'il y avait d'argent et de bijoux, et qu'on en a même enlevé les meubles ; mais enfin la maison vous appartient, et vous n'avez pas tout perdu. Je cours partout depuis une heure, ne sachant ce que vous étiez devenu, et j'espère, mon cher maître, que serez assez sage pour prendre un parti raisonnable.

— Quel parti veux-tu que je prenne ?

— Vendre cette maison, monsieur, c'est toute votre fortune. Elle vaut une trentaine de mille francs. Avec cela, du moins, on ne meurt pas de faim, et qui vous empêcherait d'acheter un petit fonds de commerce qui ne manquerait pas de prospérer ?

— Nous verrons cela, répondit Croisilles tout en se hâtant de prendre le chemin de sa rue. Il lui tardait de revoir le toit paternel ; mais, lorsqu'il y fut arrivé, un si triste spectacle s'offrit à lui, qu'il eut à peine le courage d'entrer. La boutique en désordre, les chambres désertes, l'alcôve de son père vide, tout présentait à ses regards la nudité de la misère. Il ne restait pas une chaise, tous les tiroirs avaient été fouillés, le comptoir brisé, la caisse emportée ; rien n'avait échappé aux recherches avides des créanciers et de la justice, qui, après avoir pillé la maison, étaient partis, laissant les portes ouvertes, comme pour témoigner aux passants que leur besogne était accomplie.

— Voilà donc, s'écria Croisilles, voilà donc ce qui reste de trente ans de travail et de la plus honnête existence, faute d'avoir eu à temps, au jour fixe, de quoi faire honneur à une signature imprudemment engagée !

Pendant que le jeune homme se promenait de long en large, livré aux plus tristes pensées, Jean paraissait fort embarrassé. Il supposait que son maître était sans argent, et qu'il pouvait même n'avoir pas dîné. Il cherchait donc quelque moyen pour le questionner là-dessus, et pour lui offrir, en cas de besoin, une part de ses économies. Après s'être mis l'esprit à la torture pendant un quart d'heure pour imaginer un biais convenable, il ne trouva rien de mieux que de s'approcher de Croisilles, et de lui demander d'une voix attendrie :

— Monsieur aime-t-il toujours les perdrix aux choux ?

Le pauvre homme avait prononcé ces mots avec un accent à la fois si burlesque et si touchant, que Croisilles, malgré sa tristesse, ne put s'empêcher d'en rire.

— Et à propos de quoi cette question ? dit-il.

— Monsieur, répondit Jean, c'est que ma femme m'en fait cuire une pour mon dîner, et si par hasard vous les aimiez toujours…

Croisilles avait entièrement oublié jusqu'à ce moment la somme qu'il rapportait à son père ; la proposition de Jean le fit se ressouvenir que ses poches étaient pleines d'or.

— Je te remercie de tout mon cœur, dit-il au vieillard, et j'accepte avec plaisir ton dîner ; mais, si tu es inquiet de ma fortune, rassure-toi, j'ai plus d'argent qu'il ne m'en faut pour avoir ce soir un bon souper que tu partageras à ton tour avec moi.

En parlant ainsi, il posa sur la cheminée quatre bourses bien garnies, qu'il vida, et qui contenaient chacune cinquante louis.

— Quoique cette somme ne m'appartienne pas, ajouta-t-il, je puis en user pour un jour ou deux. À qui faut-il que je m'adresse pour la faire tenir à mon père ?

— Monsieur, répondit Jean avec empressement, votre père m'a bien recommandé de vous dire que cet argent vous appartenait, et, si je ne vous en parlais point, c'est que je ne savais pas de quelle manière vos affaires de Paris s'étaient terminées. Votre père ne manquera de rien là-bas ; il logera chez un de vos correspondants, qui le recevra de son mieux ; il a d'ailleurs emporté ce qu'il lui faut, car il était bien sûr d'en laisser encore de trop, et ce qu'il a laissé, monsieur, tout ce qu'il a laissé, est à vous ; il vous le marque lui-même dans sa lettre, et je suis expressément chargé de vous le répéter. Cet or est donc aussi légitimement votre bien que cette maison où nous sommes. Je puis vous rapporter les paroles mêmes que votre père m'a dites en partant : « Que mon fils me pardonne de le quitter ; qu'il se souvienne seulement pour m'aimer que je suis encore en ce monde, et qu'il use de ce qui restera après mes dettes payées, comme si c'était mon héritage. » Voilà, monsieur, ses propres expressions ; ainsi remettez ceci dans votre poche et, puisque vous voulez bien de mon dîner, allons, je vous prie, à la maison.

La joie et la sincérité qui brillaient dans les yeux de Jean ne laissaient aucun doute à Croisilles. Les paroles de son père l'avaient ému à tel point, qu'il ne put retenir ses larmes ; d'autre part, dans un pareil moment, quatre mille francs n'étaient pas une bagatelle. Pour ce qui regardait la maison, ce n'était point une ressource certaine ; car on ne pouvait en tirer parti qu'en la vendant, chose toujours longue et difficile. Tout cela cependant ne laissait pas que d'apporter un changement considérable à la situation dans laquelle se trouvait le jeune homme ; il se sentit tout à coup attendri, ébranlé dans sa funeste résolution, et, pour ainsi dire, à la fois plus triste et moins désolé. Après avoir fermé les volets de la boutique, il sortit de la maison avec Jean, et, en traversant de nouveau la ville, il ne put s'empêcher de songer combien c'est peu de chose que nos afflictions, puisqu'elles servent quelquefois à nous faire trouver une joie imprévue dans la plus faible lueur d'espérance. Ce fut avec cette pensée qu'il se mit à table à côté de son vieux serviteur, qui ne manqua point, durant le repas, de faire tous ses efforts pour l'égayer.

Les étourdis ont un heureux défaut : ils se désolent aisément, mais ils n'ont même pas le temps de se consoler, tant il leur est facile de se distraire. On se tromperait de les croire insensibles ou égoïstes ; ils sentent peut-être plus vivement que d'autres, et ils sont très capables de se brûler la cervelle dans un moment de désespoir ; mais, ce moment passé, s'ils sont encore en vie, il faut qu'ils aillent dîner, qu'ils boivent et mangent comme à l'ordinaire, pour fondre ensuite en larmes en se couchant. La joie et la douleur ne glissent pas sur eux ; elles les traversent comme des flèches ; bonne et violente nature qui sait souffrir, mais qui ne peut mentir, dans laquelle on lit tout à nu, non pas fragile et vide comme le verre, mais pleine et transparente comme le cristal de roche.

Après avoir trinqué avec Jean, Croisilles, au lieu de se noyer, s'en alla à la comédie. Debout dans le fond du parterre, il tira de son sein le bouquet de mademoiselle Godeau, et, pendant qu'il en respirait le parfum, dans un profond recueillement, il commença à penser d'un esprit plus calme à son aventure du matin. Dès qu'il y eut réfléchi quelque temps, il vit clairement la vérité, c'est-à-dire que la jeune fille, en lui laissant son bouquet entre les mains et en refusant de le reprendre, avait voulu lui donner une marque d'intérêt ; car, autrement, ce refus et ce silence n'auraient été qu'une preuve de mépris, et cette supposition n'était pas possible. Croisilles jugea donc que mademoiselle Godeau avait le cœur moins dur que monsieur son père, et il n'eut pas de peine à se souvenir que le visage de la demoiselle, lorsqu'elle avait traversé le salon, avait exprimé une émotion d'autant plus vraie qu'elle semblait involontaire. Mais cette émotion était-elle de l'amour ou seulement de la pitié, ou moins encore peut-être, de l'humanité ? Mademoiselle Godeau avait-elle craint de le voir mourir, lui, Croisilles, ou seulement, d'être la cause de la mort d'un homme, quel qu'il fût ? Bien que fané et à demi effeuillé, le bouquet avait encore une odeur si exquise, et une si galante tournure, qu'en le respirant et en le regardant,

Croisilles ne put se défendre d'espérer. C'était une guirlande de roses autour d'une touffe de violettes. Combien de sentiments et de mystères un Turc aurait lus dans ces fleurs en interprétant leur langage ! Mais il n'y a que faire d'être Turc en pareille circonstance. Les fleurs qui tombent du sein d'une jolie femme, en Europe comme en Orient, ne sont jamais muettes ; quand elles ne raconteraient que ce qu'elles ont vu, lorsqu'elles reposaient sur une belle gorge, ce serait assez pour un amoureux, et elles le racontent en effet. Les parfums ont plus d'une ressemblance avec l'amour, et il y a même des gens qui pensent que l'amour n'est qu'une sorte de parfum : il est vrai que la fleur qui l'exhale est la plus belle de la création.

Pendant que Croisilles divaguait ainsi, fort peu attentif à la tragédie qu'on représentait pendant ce temps-là, mademoiselle Godeau elle-même parut devant une loge en face de lui. L'idée ne lui vint pas que, si elle l'apercevait, elle pourrait bien trouver singulier de le voir là après ce qui venait de se passer. Il fit, au contraire, tous ses efforts pour se rapprocher d'elle ; mais il n'y put parvenir. Une figurante de Paris était venue en poste jouer *Mérope*, et la foule était si serrée, qu'il n'y avait pas moyen de bouger. Faute de mieux, il se contenta donc de fixer ses regards sur sa belle, et de ne pas la quitter un instant des yeux. Il remarqua qu'elle semblait préoccupée, maussade, et qu'elle ne parlait à personne qu'avec une sorte de répugnance. Sa loge était entourée, comme on peut penser, de tout ce qu'il y avait de petits-maîtres normands dans la ville ; chacun venait à son tour passer devant elle à la galerie, car, pour entrer dans la loge même qu'elle occupait, cela n'était pas possible, attendu que monsieur son père en remplissait, seul, de sa personne, plus des trois quarts. Croisilles remarqua encore qu'elle ne lorgnait point, et qu'elle n'écoutait pas la pièce. Le coude appuyé sur la balustrade, le menton dans sa main, le regard distrait, elle avait l'air, au milieu de ses atours, d'une statue de Vénus déguisée en marquise ; l'étalage de sa robe et de sa coiffure, son rouge, sous lequel on devinait sa pâleur, toute la pompe de sa toilette, ne faisaient que mieux ressortir son immobilité. Jamais Croisilles ne l'avait vue si jolie. Ayant trouvé moyen, pendant l'entr'acte, de s'échapper de la cohue, il courut regarder au carreau de la loge, et, chose étrange, à peine y eut-il mis la tête, que mademoiselle Godeau, qui n'avait pas bougé depuis une heure, se retourna. Elle tressaillit légèrement en l'apercevant, et ne jeta sur lui qu'un coup d'œil ; puis elle reprit sa première posture. Si ce coup d'œil exprimait la surprise, l'inquiétude, le plaisir ou l'amour ; s'il voulait dire : « Quoi ! vous n'êtes pas mort ! » ou : « Dieu soit béni ! vous voilà vivant ! » je ne me charge pas de le démêler ; toujours est-il que sur ce coup d'œil Croisilles se jura tout bas de mourir ou de se faire aimer.

IV

De tous les obstacles qui nuisent à l'amour, l'un des plus grands est sans contredit ce qu'on appelle la fausse honte, qui en est bien une très véritable. Croisilles n'avait pas ce triste défaut que donnent l'orgueil et la timidité ; il n'était pas de ceux qui tournent pendant des mois entiers autour de la femme qu'ils aiment, comme un chat autour d'un oiseau en cage. Dès qu'il eut renoncé à se noyer, il ne songea plus qu'à faire savoir à sa chère Julie qu'il vivait uniquement pour elle ; mais comment le lui dire ? S'il se présentait une seconde fois à l'hôtel du fermier général, il n'était pas douteux que M. Godeau ne le fît mettre au moins à la porte. Julie ne sortait jamais qu'avec une femme de chambre, quand il lui arrivait d'aller à pied ; il était donc inutile d'entreprendre de la suivre. Passer les nuits sous les croisées de sa maîtresse est une folie chère aux amoureux, mais qui, dans le cas présent, était plus inutile encore. J'ai dit que Croisilles était fort religieux ; il ne lui vint donc pas à l'esprit de chercher à rencontrer sa belle à l'église. Comme le meilleur parti, quoique le plus dangereux, est d'écrire aux gens lorsqu'on ne peut leur parler soi-même, il écrivit dès le lendemain. Sa lettre n'avait, bien entendu, ni ordre ni raison. Elle était à peu près conçue en ces termes :

Mademoiselle,

Dites-moi au juste, je vous en supplie, ce qu'il faudrait posséder de fortune pour pouvoir prétendre à vous épouser. Je vous fais là une étrange question ; mais je vous aime si éperdument, qu'il m'est impossible de ne pas la faire, et vous êtes la seule personne au monde à qui je puisse l'adresser. Il m'a semblé, hier au soir, que vous me regardiez au spectacle. Je voulais mourir ; plût à Dieu que je fusse mort en effet, si je me trompe et si ce regard n'était pas pour moi ! Dites-moi si le hasard peut être assez cruel pour qu'un homme s'abuse d'une manière à la fois si triste et si douce. J'ai cru que vous m'ordonniez de vivre. Vous êtes riche, belle, je le sais ; votre père est orgueilleux et avare, et vous avez le droit d'être fière ; mais je vous aime, et le reste est un songe. Fixez sur moi ces yeux charmants, pensez à ce que peut l'amour, puisque je souffre, que j'ai tout lieu de craindre, et que je ressens une inexprimable jouissance à vous écrire cette folle lettre qui m'attirera peut-être votre colère ; mais pensez aussi, mademoiselle, qu'il y a un peu de votre faute dans cette folie. Pourquoi m'avez-vous laissé ce bouquet ? Mettez-vous un instant, s'il se peut, à ma place ; j'ose croire que vous m'aimez, et j'ose vous demander de me le dire. Pardonnez-moi, je vous en conjure. Je donnerais mon sang pour être certain de ne pas vous offenser, et pour vous voir écouter mon amour avec ce sourire d'ange qui n'appartient qu'à vous. Quoi que vous fassiez, votre image m'est restée ; vous ne l'effacerez qu'en m'arrachant le cœur. Tant que votre regard vivra dans mon souvenir, tant que ce bouquet gardera un reste de parfum, tant qu'un mot voudra dire qu'on aime, je conserverai quelque espérance.

Après avoir cacheté sa lettre, Croisilles s'en alla devant l'hôtel Godeau, et se promena de long en large dans la rue, jusqu'à ce qu'il vît sortir un domestique. Le hasard, qui sert toujours les amoureux en cachette, quand il le peut sans se compromettre, voulut que la femme de chambre de mademoiselle Julie eût résolu ce jour-là de faire emplette d'un bonnet. Elle se rendait chez la marchande de modes, lorsque Croisilles l'aborda, lui glissa un louis dans la main, et la pria de se charger de sa lettre. Le marché fut bientôt conclu : la servante prit l'argent pour payer son bonnet, et promit de faire la commission par reconnaissance. Croisilles, plein de joie, revint à sa maison et s'assit devant sa porte, attendant la réponse.

Avant de parler de cette réponse, il faut dire un mot de mademoiselle Godeau. Elle n'était pas tout à fait exempte de la vanité de son père, mais son bon naturel y remédiait. Elle était, dans la force du terme, ce qu'on nomme un enfant gâté. D'habitude elle parlait fort peu, et jamais on ne la voyait tenir une aiguille ; elle passait les journées à sa toilette, et les soirées sur un sofa, n'ayant pas l'air d'entendre la conversation. Pour ce qui regardait sa parure, elle était prodigieusement coquette, et son propre visage était à coup sûr ce qu'elle avait le plus considéré en ce monde. Un pli à sa collerette, une tache d'encre à son doigt, l'auraient désolée ; aussi, quand sa robe lui plaisait, rien ne saurait rendre le dernier regard qu'elle jetait sur sa glace avant de quitter sa chambre. Elle ne montrait ni goût ni aversion pour les plaisirs qu'aiment ordinairement les jeunes filles ; elle allait volontiers au bal, et elle y renonçait sans humeur, quelquefois sans motif ; le spectacle l'ennuyait, et elle s'y endormait continuellement. Quand son père, qui l'adorait, lui proposait de lui faire quelque cadeau à son choix, elle était une heure à se décider, ne pouvant se trouver un désir. Quand M. Godeau recevait ou donnait à dîner, il arrivait que Julie ne parût pas au salon : elle passait la soirée, pendant ce temps-là, seule dans sa chambre, en grande toilette, à se promener de long en large, son éventail à la main. Si on lui adressait un compliment, elle détournait la tête, et, si on tentait de lui faire la cour, elle ne répondait que par un regard à la fois si brillant et si sérieux, qu'elle déconcertait le plus hardi. Jamais un bon mot ne l'avait fait rire ; jamais un air d'opéra, une tirade de tragédie, ne l'avaient émue ; jamais, enfin, son cœur n'avait donné signe de vie, et, en la voyant passer dans tout l'éclat de sa nonchalante beauté, on aurait pu la prendre pour une belle somnambule qui traversait ce monde en rêvant.

Tant d'indifférence et de coquetterie ne semblait pas aisées à comprendre. Les uns disaient qu'elle n'aimait rien ; les autres, qu'elle n'aimait qu'elle-même. Un seul mot suffisait cependant pour expliquer son caractère : elle attendait. Depuis l'âge de quatorze ans, elle avait entendu répéter sans cesse que rien n'était aussi charmant qu'elle ; elle en était persuadée ; c'est pourquoi elle prenait grand soin de sa parure : en manquant de respect à sa personne, elle aurait cru commettre un sacrilège. Elle marchait, pour ainsi dire, dans sa beauté, comme un enfant dans ses habits de fête ; mais elle était bien loin de croire que cette beauté dût rester inutile ; sous son apparente insouciance se cachait une volonté secrète, inflexible et d'autant plus forte qu'elle était mieux dissimulée. La coquetterie des femmes ordinaires, qui se dépensent en œillades, en minauderies et en sourires, lui semblait une escarmouche puérile, vaine, presque méprisable. Elle se sentait en possession d'un trésor, et elle dédaignait de le hasarder au jeu pièce à pièce : il lui fallait un adversaire digne d'elle ; mais, trop habituée à voir ses désirs prévenus, elle ne cherchait pas cet adversaire ; on peut même dire davantage, elle était étonnée qu'il se fît attendre. Depuis quatre ou cinq ans qu'elle allait dans le monde et qu'elle étalait consciencieusement ses paniers, ses falbalas et ses belles épaules, il lui paraissait inconcevable qu'elle n'eût point encore inspiré une grande passion. Si elle eût dit le fond de sa pensée, elle eût volontiers répondu à ceux qui lui faisaient des compliments : « Eh bien ! s'il est vrai que je sois si belle, que ne vous brûlez-vous la cervelle pour moi ? » Réponse que, du reste, pourraient faire bien des jeunes filles, et que plus d'une qui ne dit rien a au fond du cœur, quelquefois sur le bord des lèvres.

Qu'y a-t-il, en effet, au monde, de plus impatientant pour une femme que d'être jeune, belle, riche, de se regarder dans son miroir, de se voir parée, digne en tout point de plaire, toute disposée à se laisser aimer, et de se dire : « On m'admire, on me vante, tout le monde me trouve charmante, et personne ne m'aime. Ma robe est de la meilleure faiseuse, mes dentelles sont superbes, ma coiffure est irréprochable, mon visage le plus beau de la terre, ma taille fine, mon pied bien chaussé ; et tout cela ne me sert à rien qu'à aller bâiller dans le coin d'un salon. Si un jeune homme me parle, il me traite en enfant ; si on me demande en mariage, c'est pour ma dot ; si quelqu'un me serre la main en dansant, c'est un fat de province ; dès que je parais quelque part, j'excite un murmure d'admiration, mais personne ne me dit, à moi seule, un mot qui me fasse battre le cœur. J'entends des impertinents qui me louent tout haut, à deux pas de moi, et pas un regard modeste et sincère ne cherche le mien. Je porte une âme ardente, pleine de vie, et je ne suis, à tout prendre, qu'une jolie poupée qu'on promène, et qu'on fait sauter au bal, qu'une gouvernante habille le matin et décoiffe le soir, pour recommencer le lendemain.

Voilà ce que mademoiselle Godeau s'était dit bien des fois à elle-même, et il y avait de certains jours où cette pensée lui inspirait un si sombre ennui, qu'elle restait muette et presque immobile une journée entière. Lorsque Croisilles lui écrivit, elle était précisément dans un accès d'humeur semblable. Elle venait de prendre son chocolat, et elle rêvait profondément, étendue dans une bergère, lorsque sa femme de chambre entra et lui remit la lettre d'un air mystérieux. Elle regarda l'adresse, et, ne reconnaissant pas l'écriture, elle retomba dans sa distraction. La femme de chambre se vit alors forcée d'expliquer de quoi il s'agissait, ce qu'elle fit d'un air assez déconcerté, ne sachant trop comment la jeune fille prendrait cette démarche. Mademoiselle Godeau écouta sans bouger, ouvrit ensuite la lettre, et y jeta seulement un coup d'œil ; elle demanda aussitôt une feuille de papier, et écrivit nonchalamment ce peu de mots :

« Eh ! mon Dieu, non, monsieur, je ne suis pas fière. Si vous aviez seulement cent mille écus, je vous épouserais très volontiers. »

Telle fut la réponse que la femme de chambre rapporta sur-le-champ à Croisilles, qui lui donna encore un louis pour sa peine.

V

Cent mille écus, comme dit le proverbe, ne se trouvent pas « dans le pas d'un âne », et, si Croisilles eût été défiant, il eût pu croire, en lisant la lettre de mademoiselle Godeau, qu'elle était folle ou qu'elle se moquait de lui. Il ne pensa pourtant ni l'un ni l'autre ; il ne vit rien autre chose, sinon que sa chère Julie l'aimait, qu'il lui fallait cent mille écus, et il ne songea, dès ce moment, qu'à tâcher de se les procurer.

Il possédait deux cents louis comptant, plus une maison qui, comme je l'ai déjà dit, pouvait valoir une trentaine de mille francs. Que faire ? Comment s'y prendre pour que ces trente-quatre mille francs en devinssent tout d'un coup trois cent mille ? La première idée qui vint à l'esprit du jeune homme fut de trouver une manière quelconque de jouer à croix ou pile toute sa fortune ; mais, pour cela, il fallait vendre la maison. Croisilles commença donc par coller sur sa porte un écriteau portant que sa maison était à vendre ; puis, tout en rêvant à ce qu'il ferait de l'argent qu'il pourrait en tirer, il attendit un acheteur.

Une semaine s'écoula, puis une autre ; pas un acheteur ne se présenta. Croisilles passait ses journées à se désoler avec Jean, et le désespoir s'emparait de lui, lorsqu'un brocanteur juif sonna à sa porte.

— Cette maison est à vendre, monsieur ? En êtes-vous le propriétaire ?

— Oui, monsieur.

— Et combien vaut-elle ?

— Trente mille francs, à ce que je crois ; du moins je l'ai entendu dire à mon père.

Le juif visita toutes les chambres, monta au premier, descendit à la cave, frappa sur les murailles, compta les marches de l'escalier, fit tourner les portes sur leurs gonds et les clefs dans les serrures, ouvrit et ferma les fenêtres ; puis enfin, après avoir tout bien examiné, sans dire un mot et sans faire la moindre proposition, il salua Croisilles et se retira.

Croisilles, qui, durant une heure, l'avait suivi le cœur palpitant, ne fut pas, comme on pense, peu désappointé de cette retraite silencieuse. Il supposa que le juif avait voulu se donner le temps de réfléchir, et qu'il reviendrait incessamment. Il l'attendit pendant huit jours, n'osant sortir de peur de manquer sa visite, et regardant à la fenêtre du matin au soir ; mais ce fut en vain : le juif ne reparut point. Jean, fidèle à son triste rôle de raisonneur, faisait, comme on dit, de la morale à son maître, pour le dissuader de vendre sa maison d'une manière si précipitée et dans un but si extravagant.

Mourant d'impatience, d'ennui et d'amour, Croisilles prit un matin ses deux cents louis et sortit, résolu à tenter la fortune avec cette somme, puisqu'il n'en pouvait avoir davantage.

Les tripots, dans ce temps-là, n'étaient pas publics, et l'on n'avait pas encore inventé ce raffinement de civilisation qui permet au premier venu de se ruiner à toute heure, dès que l'envie lui en passe dans la tête. À peine Croisilles fut-il dans la rue qu'il s'arrêta, ne sachant où aller risquer son argent. Il regardait les maisons du voisinage et les toisait les unes après les autres, tâchant de leur trouver une apparence suspecte et de deviner ce qu'il cherchait. Un jeune homme de bonne mine, vêtu d'un habit magnifique, vint à passer. À en juger par les dehors, ce ne pouvait être qu'un fils de famille. Croisilles l'aborda poliment.

— Monsieur, lui dit-il, je vous demande pardon de la liberté que je prends. J'ai deux cents louis dans ma poche, et je meurs d'envie de les perdre ou d'en avoir davantage. Ne pourriez-vous pas m'indiquer quelque honnête endroit où se font ces sortes de choses ?

À ce discours assez étrange, le jeune homme partit d'un éclat de rire.

— Ma foi ! monsieur, répondit-il, si vous cherchez un mauvais lieu, vous n'avez qu'à me suivre, car j'y vais.

Croisilles le suivit, et au bout de quelques pas ils entrèrent tous deux dans une maison de la plus belle apparence, où ils furent reçus le mieux du monde par un vieux gentilhomme de fort bonne compagnie. Plusieurs jeunes gens étaient déjà assis autour d'un tapis vert ; Croisilles y prit modestement une place, et, en moins d'une heure, ses deux cents louis furent perdus.

Il sortit aussi triste que peut l'être un amoureux qui se croit aimé. Il ne lui restait pas de quoi dîner, mais ce n'était pas ce qui l'inquiétait.

— Comment ferai-je à présent, se demanda-t-il, pour me procurer de l'argent ? À qui m'adresser dans cette ville ? Qui voudra me prêter seulement cent louis sur cette maison que je ne puis vendre ?

Pendant qu'il était dans cet embarras, il rencontra son brocanteur juif. Il n'hésita pas à s'adresser à lui, et, en sa qualité d'étourdi, il ne manqua pas de lui dire dans quelle situation il se trouvait. Le juif n'avait pas grande envie d'acheter la maison ; il n'était venu la voir que par curiosité, ou, pour mieux dire, par acquit de conscience, comme un chien entre en passant dans une cuisine dont la porte est ouverte, pour voir s'il n'y a rien à voler ; mais il vit Croisilles si désespéré, si triste, si dénué de toute ressource, qu'il ne put résister à la tentation de profiter de sa misère, au risque de se gêner un peu pour payer la maison. Il lui en offrit donc à peu près le quart de ce qu'elle valait. Croisilles lui sauta au cou, l'appela son ami et son sauveur, signa aveuglément un marché à faire dresser les cheveux sur la tête, et, dès le lendemain, possesseur de quatre cents nouveaux louis, il se dirigea derechef vers le tripot où il avait été si poliment et si lestement ruiné la veille.

En s'y rendant, il passa sur le port. Un vaisseau allait en sortir ; le vent était doux, l'Océan tranquille. De toutes parts, des négociants, des matelots, des officiers de marine en uniforme, allaient et venaient. Des crocheteurs transportaient d'énormes ballots pleins de marchandises. Les passagers faisaient leurs adieux, de légères barques flottaient de tous côtés ; sur tous les visages on lisait la crainte, l'impatience ou l'espérance ; et, au milieu de l'agitation qui l'entourait, le majestueux navire se balançait doucement, gonflant ses voiles orgueilleuses.

— Quelle admirable chose, pensa Croisilles, que de risquer ainsi ce qu'on possède, et d'aller chercher au-delà des mers une périlleuse fortune ! Quelle émotion de regarder partir ce vaisseau chargé de tant de richesses, du bien-être de tant de familles ! Quelle joie de le voir revenir, rapportant le double de ce qu'on lui a confié, rentrant plus fier et plus riche qu'il n'était parti ! Que ne suis-je un de ces marchands ! Que ne puis-je jouer ainsi mes quatre cents louis ! Quel tapis vert que cette mer immense, pour y tenter hardiment le hasard ! Pourquoi n'achèterais-je pas quelques ballots de toiles ou de soieries ? Qui m'en empêche, puisque j'ai de l'or ? Pourquoi ce capitaine refuserait-il de se charger de mes marchandises ? Et qui sait ? au lieu d'aller perdre cette pauvre et unique somme dans un tripot, je la doublerais, je la triplerais peut-être par une honnête industrie. Si Julie m'aime véritablement, elle attendra quelques années, et elle me restera fidèle jusqu'à ce que je puisse l'épouser. Le commerce procure quelquefois des bénéfices plus gros qu'on ne pense ; il ne manque pas d'exemples, en ce monde, de fortunes rapides, surprenantes, gagnées ainsi sur ces flots changeants ; pourquoi la Providence ne bénirait-elle pas une tentative faite dans un but si louable, si digne de sa protection. Parmi ces marchands qui ont tant amassé et qui envoient des navires aux deux bouts de la terre, plus d'un a commencé par une moindre somme que celle que j'ai là. Ils ont prospéré avec l'aide de Dieu ; pourquoi ne pourrais-je pas prospérer à mon tour ? Il me semble qu'un bon vent souffle dans ces voiles, et que ce vaisseau inspire la confiance. Allons ! le sort en est jeté, je vais m'adresser à ce capitaine qui me paraît aussi de bonne mine ; j'écrirai ensuite à Julie, et je veux devenir un habile négociant.

Le plus grand danger que courent les gens qui sont habituellement un peu fous, c'est de le devenir tout à fait par instants. Le pauvre garçon, sans réfléchir davantage, mit son caprice à exécution. Trouver des marchandises à acheter, lorsqu'on a de l'argent et qu'on ne s'y connaît pas, c'est la chose du monde la moins difficile. Le capitaine, pour obliger Croisilles, le mena chez un fabricant de ses amis, qui lui vendit autant de toiles et de soieries qu'il put en payer ; le tout, mis dans une charrette, fut promptement transporté à bord. Croisilles, ravi et plein d'espérance, avait écrit lui-même en grosses lettres son nom sur ses ballots. Il les regarda s'embarquer avec une joie inexprimable ; l'heure du départ arriva bientôt, et le navire s'éloigna de la côte.

VI

Je n'ai pas besoin de dire que, dans cette affaire, Croisilles n'avait rien gardé. D'un autre côté, sa maison était vendue ; il ne lui restait pour tout bien que les habits qu'il avait sur le corps ; point de gîte, et pas un denier. Avec toute la bonne volonté possible, Jean ne pouvait supporter que son maître fût réduit à un tel dénuement ; Croisilles était, non pas trop fier, mais trop insouciant pour le dire ; il prit le parti de coucher à la belle étoile, et, quant aux repas, voici le calcul qu'il fit : il présumait que le vaisseau qui portait sa fortune mettrait six mois à revenir au Havre ; il vendit, non sans regret, une montre d'or que son père lui avait donnée, et qu'il avait heureusement gardée ; il en eut trente-six livres. C'était de quoi vivre à peu près six mois avec quatre sous par jour. Il ne douta pas que ce ne fût assez, et, rassuré par le présent, il écrivit à mademoiselle Godeau pour l'informer de ce qu'il avait fait ; il se garda bien, dans sa lettre, de lui parler de sa détresse ; il lui annonça, au contraire, qu'il avait entrepris une opération de commerce magnifique, dont les résultats étaient prochains et infaillibles ; il lui expliqua comme quoi *la Fleurette*, vaisseau à fret, de cent cinquante tonneaux, portait dans la Baltique ses toiles et ses soieries ; il la supplia de lui rester fidèle pendant un an, se réservant de lui en demander davantage ensuite, et, pour sa part, il lui jura un éternel amour.

Lorsque mademoiselle Godeau reçut cette lettre, elle était au coin de son feu, et elle tenait à la main, en guise d'écran, un de ces bulletins qu'on imprime dans les ports, qui marquent l'entrée et la sortie des navires, et en même temps annoncent les désastres. Il ne lui était jamais arrivé, comme on peut penser, de prendre intérêt à ces sortes de choses, et elle n'avait jamais jeté les yeux sur une seule de ces feuilles. La lettre de Croisilles fut cause qu'elle lut le bulletin qu'elle tenait ; le premier mot qui frappa ses yeux fut précisément le nom de *la Fleurette* ; le navire avait échoué sur les côtes de France dans la nuit même qui avait suivi son départ. L'équipage s'était sauvé à grand'peine, mais toutes les marchandises avaient été perdues.

Mademoiselle Godeau, à cette nouvelle, ne se souvint plus que Croisilles avait fait devant elle l'aveu de sa pauvreté ; elle fut aussi désolée que s'il se fût agi d'un million ; en un instant, l'horreur d'une tempête, les vents en furie, les cris des noyés, la ruine d'un homme qui l'aimait, toute une scène de roman, se présentèrent à sa pensée ; le bulletin et la lettre lui tombèrent des mains ; elle se leva dans un trouble extrême, et, le sein palpitant, les yeux prêts à pleurer, elle se promena à grands pas, résolue à agir dans cette occasion, et se demandant ce qu'elle devait faire.

Il y a une justice à rendre à l'amour, c'est que plus le motifs qui le combattent sont forts, clairs, simples, irrécusables, en un mot, moins il a le sens commun, plus la passion s'irrite et plus on aime ; c'est une belle chose sous le ciel que cette déraison du cœur ; nous ne vaudrions pas grand'chose sans elle. Après s'être promenée dans sa chambre, sans oublier ni son cher éventail, ni le coup d'œil à la glace en passant, Julie se laissa retomber dans sa bergère. Qui l'eût pu voir en ce moment eût joui d'un beau spectacle ; ses yeux étincelaient, ses joues étaient en feu ; elle poussa un long soupir et murmura avec une joie et une douleur délicieuse :

— Pauvre garçon ! il s'est ruiné pour moi !

Indépendamment de la fortune qu'elle devait attendre de son père, mademoiselle Godeau avait, à elle appartenant, le bien que sa mère lui avait laissé. Elle n'y avait jamais songé ; en ce moment, pour la première fois de la vie, elle se souvint qu'elle pouvait disposer de cinq cent mille francs. Cette pensée la fit sourire ; un projet bizarre, hardi, tout féminin, presque aussi fou que Croisilles lui-même, lui traversa l'esprit ; elle berça quelque temps son idée dans sa tête, puis se décida à l'exécuter.

Elle commença par s'enquérir si Croisilles n'avait pas quelque parent ou quelque ami ; la femme de chambre fut mise en campagne. Tout bien examiné, on découvrit, au quatrième étage d'une vieille maison, une tante à demi percluse, qui ne bougeait jamais de son fauteuil, et qui n'était pas sortie depuis quatre ou cinq ans. Cette pauvre femme, fort âgée, semblait avoir été mise ou plutôt laissée au monde comme un échantillon des misères humaines. Aveugle, goutteuse, presque sourde, elle vivait seule dans un grenier ; mais une gaieté plus forte que le malheur et la maladie la soutenait à quatre-vingts ans et lui faisait encore aimer la vie ; ses voisins ne passaient jamais devant sa porte sans entrer chez elle, et les airs surannés qu'elle fredonnait égayaient toutes les filles du quartier. Elle possédait une petite rente viagère qui suffisait à l'entretenir ; tant que durait le jour, elle tricotait ; pour le reste, elle ne savait pas ce qui s'était passé depuis la mort de Louis XIV.

Ce fut chez cette respectable personne que Julie se fit conduire en secret. Elle se mit pour cela dans tous ses atours ; plumes, dentelles, rubans, diamants, rien ne fut épargné : elle voulait séduire ; mais sa vraie beauté en cette circonstance fut le caprice qui l'entraînait. Elle monta l'escalier raide et obscur qui menait chez la bonne dame, et, après le salut le plus gracieux, elle parla à peu près ainsi :

— Vous avez, madame, un neveu nommé Croisilles, qui m'aime et qui a demandé ma main ; je l'aime aussi, je voudrais l'épouser ; mais mon père, M. Godeau, fermier général de cette ville, refuse de nous marier, parce que votre neveu n'est pas riche. Je ne voudrais pour rien au monde être l'occasion d'un scandale, ni causer de la peine à personne ; je ne saurais donc avoir la pensée de disposer de moi sans le consentement de ma famille. Je viens vous demander une grâce que je vous supplie m'accorder : il faudrait que vous vinssiez vous-même proposer ce mariage à mon père. J'ai, grâce à Dieu, une petite fortune qui est toute à votre service ; vous prendrez, quand il vous plaira, cinq cent mille francs chez mon notaire ; vous direz que cette somme appartient à votre neveu, et elle lui appartient en effet ; ce n'est point un présent que je veux lui faire, c'est une dette que je lui paye, car je suis cause de la ruine de Croisilles, et il est juste que je la répare. Mon père ne cédera pas aisément ; il faudra que vous insistiez et que vous ayez un peu de courage ; je n'en manquerai pas de mon côté. Comme personne au monde, excepté moi, n'a de droits sur la somme dont je vous parle, personne ne saura jamais de quelle manière elle aura passé entre vos mains. Vous n'êtes pas très riche non plus, je le sais, et vous pouvez craindre qu'on ne s'étonne de vous voir doter ainsi votre neveu ; mais songez que mon père ne vous connaît pas, que vous vous montrez fort peu par la ville, et que par conséquent il vous sera facile de feindre que vous arrivez de quelque voyage. Cette démarche vous coûtera sans doute, il faudra quitter votre fauteuil et prendre un peu de peine ; mais vous ferez deux heureux, madame, et, si vous avez jamais connu l'amour, j'espère que vous ne me refuserez pas.

La bonne dame, pendant ce discours, avait été tour à tour surprise, inquiète, attendrie et charmée. Le dernier mot la persuada.

— Oui, mon enfant, répéta-t-elle plusieurs fois, je sais ce que c'est, je sais ce que c'est !

En parlant ainsi, elle fit un effort pour se lever ; ses jambes affaiblies la soutenaient à peine ; Julie s'avança rapidement, et lui tendit la main pour l'aider ; par un mouvement presque involontaire, elles se trouvèrent en un instant dans les bras l'une de l'autre. Le traité fut aussitôt conclu ; un cordial baiser le scella d'avance, et toutes les confidences nécessaires s'ensuivirent sans peine.

Toutes les explications étant faites, la bonne dame tira de son armoire une vénérable robe de taffetas qui avait été sa robe de noce. Ce meuble antique n'avait pas moins de cinquante ans ; mais pas une tache, pas un grain de poussière ne l'avait défloré ; Julie en fut dans l'admiration. On envoya chercher un carrosse de louage, le plus beau qui fût dans toute la ville. La bonne dame prépara le discours qu'elle devait tenir à M. Godeau ; Julie lui apprit de quelle façon il fallait toucher le cœur de son père, et n'hésita pas à avouer que la vanité était son côté vulnérable.

— Si vous pouviez imaginer, dit-elle, un moyen de flatter ce penchant, nous aurions partie gagnée.

La bonne dame réfléchit profondément, acheva sa toilette sans mot dire, serra la main de sa future nièce, et monta en voiture. Elle arriva bientôt à l'hôtel Godeau ; là, elle se redressa si bien en entrant, qu'elle semblait rajeunie de dix ans. Elle traversa majestueusement le salon où était tombé le bouquet de Julie, et, quand la porte du boudoir s'ouvrit, elle dit d'une voix ferme au laquais qui la précédait :

— Annoncez la baronne douairière de Croisilles.

Ce mot décida du bonheur des deux amants ; M. Godeau en fut ébloui. Bien que les cinq cent mille francs lui ressemblassent peu de chose, il consentit à tout pour faire de sa fille une baronne, et elle le fut : qui eût osé lui en contester le titre ? À mon avis, elle l'avait bien gagné.

Emmeline 9

Croisilles 77

Composition Nord Compo
Impression Novoprint
à Barcelone, le 8 avril 2013
Dépôt légal : avril 2013
1er dépôt légal dans la collection : avril 2007

ISBN 978-2-07-034566-3./Imprimé en Espagne.

253661